AF370106

CHARLES PETTIT

Aventures
d'un
ALLEMAND au JAPON

50 c.
L'OUVRAGE COMPLET

Les deux Anglais restaient raides et impassibles, encore qu'un petit rire imperceptible mit son léger frisson sur leurs faces rasées correctement.

Mais le baron ne s'abaissait pas à remarquer pareil détail ! Il ne lui venait même pas à l'esprit que ces êtres inférieurs eussent pu « se payer » sa puissante tête de Prussien « hautement bien né » !

II

L'EMPRESS était presque accosté près du débarcadère de Yokohama quand le baron von Bullenbeiszerbrut, rouge de colère, apparut sur le pont. Manquer le spectacle de l'arrivée, n'avoir pu expliquer la manœuvre et déclamer ses impressions, vraiment il y avait de quoi rendre furieux l'homme le plus débonnaire ! Le baron était donc d'humeur fâcheuse.

Il arrondissait ses gros yeux dont l'iris bleu se détachait sur le blanc injecté de veines sanguinolentes : on eût dit deux écuelles de faïence sur un mur de cabaret où le vin avait giglé.

Ses mâchoires formidables s'agitaient : vraiment il paraissait avoir envie de dévorer quelqu'un.

Flegmatiques, les Anglais le regardaient sans s'émouvoir; leur calme achevait d'exaspérer le Prussien. Lui, il avait la conviction intime qu'il appartenait à la première race du monde; et ne doutait jamais qu'il avait raison en tout.

Quand le baron eut quitté le bord britannique pour mettre pied à terre, il se sentit réconforté.

Tous ces gens de petite taille, mal vêtus de kimonos minables, coiffés de vieux chapeaux mous ou de melons crasseux, lui paraissaient des êtres gringalets, souffreteux, misérables.

Pauvre petit Japon de rien du tout, peuplé de chats de gouttière !... Le baron allait leur montrer que bon chien chasse de race.

Lorsqu'il se fut installé dans un kuruma (1), pour aller à la gare où il devait prendre le train de Tokio, il contempla avec un aimable dédain le pauvre kurumaya qui traînait la légère voiture.

Un torchon roulé en corde autour de la tête, le malheureux s'efforçait de mériter un bon pourboire en trottant de son mieux entre les brancards. Il était presque nu; seule, une culotte de vieille toile se collait sur ses hanches maigres, ce qui permettait de voir ses flancs se soulever comme ceux d'un cheval poussif.

Le baron, carrément assis sur le coussin rembourré du kuruma, songeait quelle distance prodigieuse le séparait de cet autre homme.

Il en ressentait une sorte d'orgueil instinctif.

Ce sentiment de fierté augmenta encore lorsqu'il fut installé dans le train qui le conduisait de Yokohama à Tokio. Les rares Japonais qui voyageaient avec lui en première classe donnaient une piètre idée de la haute classe nipponne; ils s'étaient accroupis sur les banquettes, les jambes repliées sous eux comme de vulgaires tailleurs. Un seul, vêtu à l'européenne d'une redingote crasseuse, affichait une certaine morgue. Il avait même un chapeau haut de forme et un monocle. Cet être d'exception, sans doute un haut fonctionnaire, un diplomate ou un gérant d'hôtel pour les Européens, s'assit sans replier ses jambes; et, gravement, il parut s'absorber dans la lecture d'un vieux numéro du *Times*. Mais il était si laid, si chétif, que le baron le trouva encore plus pitoyable que les autres. Ah ! comme l'on est heureux d'appartenir à une belle race ! Dans ce wagon japonais, le baron se sentait si « kolossal » !

Cependant, comme il aimait s'instruire, il se mit à regarder par la fenêtre pour juger du pays. Il le trouva assez navrant d'aspect. Des rizières à l'aspect boueux, des champs où poussaient des espèces de choux, des carottes ou des pommes de terre; quelques pins maritimes par-ci, par-là; quelques bouquets de bambous. C'était bien la peine de faire la moitié du tour du monde pour jouir d'une vue aussi lamentable !

Dépité et vexé, le baron se renfonça dans son coin. Il en avait déjà assez de la campagne japonaise. Et il résolut de se borner à visiter la capitale. C'est d'ailleurs ainsi qu'il s'était déjà fait une idée sur bien d'autres pays, y compris la France qu'il avait jugée sur le paysage vu d'une ligne de l'Est et sur un restaurant de nuit de Montmartre.

Quand il arriva à Tokio, ses larges épaules se soulevèrent avec dédain. La vue de toutes ces petites maisons basses lui parut une agglomération de cabanes à lapins.

— Telle capitale, tel peuple ! jugea-t-il avec sa haute sagacité; et il tira son carnet de sa poche; car il notait toutes ses impressions en même temps que le temps de la journée, la hauteur du baromètre, l'heure de ses repas et leur menu. C'est une science aimable que de compiler !

Après avoir consulté son guide, il se fit conduire à l'Hôtel Impérial, ainsi nommé parce que les actions appartiennent à la maison impériale; puis il retint une chambre de luxe.

(1) *Pousse-pousse.*

Après avoir recueilli les saluts de la domesticité, il monta se changer, revêtit un smoking de coupe militaire, donna un nouveau coup de fer à sa moustache; puis, roulant ses gros yeux bleus, l'air satisfait de sa personne, il entra d'un pas pesant dans la vaste salle à manger.

Un garçon de restaurant s'empressa de conduire à une petite table réservée le gentilhomme prussien.

Et le baron commença à s'ennuyer prodigieusement, encore qu'il fît honneur au repas plantureux composé de plats parfaitement européens, comme dans tous les grands hôtels d'Extrême-Orient. Pour se consoler, il songea qu'il écrirait à sa famille et à ses amis que sa vie était tout à fait étrange et pittoresque.

Après le dessert, il gagna le grand « hall » de l'hôtel, et il se mit à s'y promener de long en large tout en fumant un gros cigare. Quelques Anglais, également en smoking, taciturnes et corrects, la figure longue, l'air impassible, faisaient également leur cent pas. Un Américain se balançait à en donner le mal au cœur dans un « rocking-chair »; et régulièrement il crachait avec une certaine adresse dans un beau crachoir de métal rempli d'eau purifiée par un antiseptique.

Devant ces Anglo-Saxons, un marchand japonais de faux objets d'art étalait sa camelote.

Les « gentlemen » faisaient semblant d'avoir de hautes notions sur l'art japonais. Pour se distraire, ils marchandaient, examinant de petites horreurs avec un air de connaisseur et expliquaient avec morgue au marchand, qui se gardait de les contredire, de quelle époque et de quel style étaient les gardes de sabre, les neské (1) et les estampes.

Le baron vit aussitôt là une occasion d'afficher sa supériorité. Il fit donc signe au marchand de s'approcher.

Le Japonais accourut à petit pas menus et pressés; puis, ayant étalé une toile par terre, il fit un rapide étalage.

Alors il se tourna vers le baron et, cérémonieusement, il commença à le saluer à la manière japonaise; puis, un sourire bête sur les lèvres, l'air faussement naïf, il attendit dans une pose déférente.

Pénétré de son importance, le baron von Bullenbeiszerbrut du bout de son pied désigna un bronze.

Le marchand se mit aussitôt à quatre pattes, ramassa l'objet et le présenta au baron. C'était une statuette équestre de l'ancien temps.

Le baron se mit à l'examiner.

Le marchand murmurait :

— Monsieur est Allemand sans doute. Je vois qu'il a beaucoup de goût. Il a remarqué tout de suite la pièce ancienne.

Très flatté, le baron se rengorgeait; mais il ne daignait même pas répondre.

Le marchand continuait :

— Si monsieur désire simplement acheter un souvenir pour faire un cadeau, je peux lui présenter une autre pièce.

— Et pourquoi ? grogna le baron.

— Monsieur m'excusera, mais le bronze qu'il a choisi est une pièce unique, une pièce de musée. J'aime donc mieux tout de suite prévenir monsieur que le prix est élevé.

— Me prenez-vous pour un va-nu-pieds ? dit le baron avec hauteur.

Aussitôt, comme mû par un ressort, le marchand recommença ses courbettes en s'excusant de s'exprimer si mal.

Le baron von Bullenbeiszerbrut s'apaisa :

— Combien ? fit-il avec dédain.

— Cent yens !...

— Cent yens !...

— Oui, ce n'est pas cher. Je fais toujours un prix de faveur aux Allemands parce que c'est grâce à eux que mon pays possède une bonne armée. Ah ! monsieur, quel service nous ont rendu vos admirables officiers !... Monsieur est sans doute officier ?...

— Oui, je suis le lieutenant de landwehr, baron von Bullenbeiszerbrut.

Le marchand eut l'air ébloui. Il répétait :

— Que Son Excellence doit être hautement bien née !... Avoir reconnu la pièce ancienne, voilà qui est rare et dénote une nature remarquable... Que de personnes se trompent qui pourtant ont des prétentions artistiques !... Ainsi, l'autre jour, un Français prit dans ses mains ce même bronze, et ne s'aperçut nullement qu'il était ancien.

— Cela ne m'étonne pas, dit le baron tout à fait conquis.

Dans l'œil du Japonais, une petite lueur de gaieté jaillit; puis, reprenant son air bête :

— Je suis content que ce bronze soit acheté par un fin amateur qui saura l'apprécier.

— Mais je ne vous l'ai pas acheté encore. Cent yens, c'est excessif, protesta au hasard le baron von Bullenbeiszerbrut qui ne se faisait d'ailleurs pas la moindre idée de la valeur de l'objet.

La discussion fut longue. Le marchand poussait de petits cris plaintifs, jurant qu'il y perdait et que, s'il n'était pas forcé par la misère de vendre à n'importe quel prix, jamais il n'aurait offert cet admirable bronze à un si bas prix.

Enfin il parut lassé. Des larmes dans les yeux, il murmura un oui timide quand le baron eut offert finalement

(1) *Petits ivoires sculptés.*

soixante yens. Puis il se reprit, disant que ce consentement lui avait échappé.

— On ne reprend pas sa parole!

Et il saisit le bronze.

Le marchand se mit à larmoyer :

— Vous causez ma ruine, Excellence. Je vous en prie... Ecoutez : je vous offre dix yens si vous vouliez annuler ce marché.

— Pour qui me prenez-vous? dit le baron avec hauteur. L'affaire est conclue.

Puis, majestueux, il tourna les talons. Il passa devant les autres touristes en se redressant fièrement. Ce n'est pas lui qu'on pouvait « rouler »!

Il appela un domestique et lui donna l'ordre de monter dans sa chambre le précieux bronze.

Puis il écrivit sur son calepin : « Les Japonais essayeront toujours vainement de lutter avec nous sur le terrain commercial. »

III

QUAND le baron fut las de se promener dans le hall en écrasant de sa majesté les autres touristes, il passa dans la salle de billards où se trouvait installé un bar américain.

Le baron grimpa péniblement sur un haut tabouret et commanda de la bière allemande. On lui en servit aussitôt une parfaite imitation. Le baron fut fort satisfait de constater que les produits allemands avaient conquis l'univers. Il prit son éternel calepin, écrivit une rectification à l'honneur du Japon et regarda la salle. Le goût allemand y dominait. Le baron fut de plus en plus satisfait.

Puis il observa un des Anglais qui, flegmatique, ayant pris une queue de billard, venait se placer près d'une fameuse table garnie de six poches, quatre aux coins et deux au milieu des grands bords. Sur le tapis, un « boy » plaça trois petites billes.

Le baron demanda :

— Il va jouer tout seul?

— Non, dit le garçon du bar, le boy va lui servir de partenaire.

— Il va jouer avec un domestique! dit le baron.

Il réfléchit; puis il s'approcha de l'Anglais :

— Monsieur, lui dit-il avec cette franchise militaire que les Prussiens aiment tant, je me présente; je suis le baron von Rullenbeiszerbrut.

L'Anglais fit un petit salut de tête correct; puis, s'adressant au boy, il lui commanda :

— Commencez!

Sans se démonter, le baron continua :

— C'est sans doute l'usage ici de jouer avec un domestique; mais peut-être vous serait-il plus agréable d'avoir un partenaire plus digne de vous?

L'Anglais le regarda froidement.

— Pardon, monsieur, je ne joue pas avec le boy... je m'exerce... Si vous désirez en faire autant, il y a un second billard.

L'Anglais ajusta tranquillement son coup.

— Ces Anglais sont tout à fait mal élevés, songea le baron; et il se mit à toiser le joueur avec arrogance.

Mais l'Anglais parut n'y faire aucune attention : il était tout à sa partie. Haussant les épaules, le baron regagna son haut tabouret.

L'Américain, qui avait fini par se lasser de se balancer dans son « rocking-chair », venait justement de s'installer sur le tabouret voisin : il commanda un « oyster-cocktail »; puis, pendant que le garçon de bar mélangeait les huitres avec du poivre de Cayenne, un jaune d'œuf et différentes sortes de vins, d'alcools et d'amers, il se mit à lui donner quelques conseils paternels.

Le baron, qui éprouvait un désir immodéré de lier connaissance avec quelqu'un, afin de ne plus être seul à s'admirer, se présenta de nouveau.

Moins réservé que l'Anglais, l'Américain répondit :

— Moi, je suis John Mac Lynton, de Chicago. J'aime beaucoup le Japon. C'est une nation de progrès qui s'américanise à vue d'œil.

— Pardon, fit observer le baron, le Japon est devenu une grande nation, surtout parce qu'il s'est incliné devant le génie martial de la Prusse.

L'Américain haussa les épaules et lentement :

— Dans vos vieux pays d'Europe, vous ignorez bien des choses. Les Etats-Unis sont les seuls à savoir éduquer convenablement les peuples.

— Monsieur! fit le baron.

— Certainement! dit l'Américain; et il n'y a qu'aux Etats-Unis qu'il y ait vraiment des hommes.

— Je proteste avec énergie.

— Si vous voulez! Tenez, je vous propose un combat en dix rounds... Vous jugerez par vous-même...

— Mais, monsieur...

— Vous voyez; vous affirmez, et puis vous hésitez...

Et l'Américain, tâtant le biceps du baron :

— Vous avez de gros bras pourtant; mais c'est surtout de la graisse.

suffoqué, le Prussien se mit à dire :

— Monsieur, je ne permets à personne de se moquer de moi.

— Je ne me moque pas. Je constate simplement.

— C'est bon! voici ma carte.

— Je n'en ai pas besoin. Je sais que vous êtes gentleman; mais vous êtes du vieux pays. Vous refusez un combat en dix rounds...

— Je vous tuerai, monsieur, au sabre ou au pistolet, déclara noblement le baron.

L'Américain se mit à rire :

— Ce n'est pas la peine de prendre les choses au tragique. Moi, je vous offrais en « good fellow » de vous distraire en boxant. Si cela ne vous amuse pas, tant pis pour vous...

Puis, lui tapant amicalement sur l'épaule :

— Voulez-vous accepter un « oyster-cocktail »? C'est excellent pour l'estomac.

— Jamais, monsieur, dit le baron furibond; et il lui tourna le dos.

— Oh! vous avez mauvais caractère, fit l'Américain; et, il commença à ingurgiter son cocktail.

Cependant le baron vexé avait quitté la salle de billard. Fiévreusement il se promenait maintenant à travers le hall :

— Quels mufles! marmonnait-il entre ses dents; et il se sentait pris soudain d'une vive sympathie pour ces petits Japonais qui le saluaient avec tant de déférence.

IV

LE baron, après avoir passé une soirée mortelle d'ennui, venait à peine de fermer la porte de sa chambre lorsqu'il entendit frapper.

Il alla ouvrir et se trouva en présence du marchand qui lui avait vendu le Daïmio équestre.

Après des courbettes prolongées, le Japonais s'introduisit dans la chambre d'un air mystérieux en demandant la permission de refermer la porte. Le baron von Rullenbeiszerbrut grogna :

— Que signifie cette comédie?

Mais déjà le marchand avait tiré de la manche de son kimono tout un paquet d'estampes et de photographies.

— Des images galantes, Excellence, c'est très curieux, très intéressant.

Se rengorgeant, le baron déclara dignement :

— Vous me faites l'effet d'un joli coquin.

Mais il ajouta :

— A propos, comment vous appelez-vous?

— Takata.

— Ah!... Eh bien, Takata, vous allez me fournir un simple petit renseignement. Est-il vrai qu'il se trouve, aux quatre points cardinaux de Tokio, de grands quartiers de prostitution où les femmes sont exposées en cage?

— Oui, oui... Son Excellence désire...

— Je ne désire rien.

— C'est que j'aurais pu servir à Son Excellence de guide et d'interprète.

Et Takata sortit de sa manche une liasse de papiers :.

— Voici des certificats de touristes qui se louent de mes bons services... Voici un autre certificat du commissaire de police... Voici enfin celui du gérant de l'hôtel...

— Effectivement, je crois qu'on peut avoir en vous une confiance relative.

— Complète, Excellence, complète. Et ma discrétion est absolue. Vous pensez bien que, si je n'étais pas discret, je n'aurais jamais obtenu les certificats d'une aussi brillante clientèle. Remarquez, Excellence, de qui ils sont signés : un général russe, un comte hongrois, un lord, un diplomate... un millionnaire français...

— Oh! les Français sont si légers, dit le baron; tout ce qui vient d'eux ne signifie rien.

— Ah!... Eh bien, ce certificat signé d'un de vos compatriotes...

Le baron lut les éloges décernés à Takata par un touriste allemand de marque et se déclara convaincu. Takata eut l'audace d'ajouter :

— Il est à peine onze heures. Si Son Excellence le désire, elle pourrait dès ce soir se rendre compte de la magnificence et de l'étrangeté de ces grands quartiers... Ici, ce n'est pas comme en Europe... Il n'y a rien de compromettant à se promener dans des rues pour admirer des étalages...

— En êtes-vous bien certain?

— Excellence, les jeunes secrétaires d'ambassade eux-mêmes s'y promènent sans trop se cacher.

— Ah!... et quel quartier offre le plus d'intérêt au... vous me comprenez... au point de vue de la statistique et de l'art?...

— Le Yoshiwara, Excellence... quatre mille mousmés en somptueux costumes... eau, gaz, électricité et téléphone.

— Ah bah! fit le baron ébahi.

Et pour la première fois, il écrivit une observation originale sur son calepin; mais, pris de remords, il ajouta aussitôt qu'il partait pour la contrôler à onze heures du soir, le 24 avril 1909.

V

Comme le baron, à lui seul, formait le poids de trois voyageurs japonais ordinaires, Takata lui conseilla d'atteler en flèche à son kuruma un homme-cheval de renfort pour gagner le Yoshiwara qui se trouvait presque à l'autre extrémité de Tokio.

Un second kurumaya, au moyen d'une sorte de harnachement et d'une corde qui se rattachait aux brancards, fut donc attelé au véhicule.

Takata prit place dans un autre kuruma plus modestement attelé d'un seul trotteur. Dès qu'il fut sorti de la cour de l'hôtel, le baron commanda de sa belle voix militaire : « Au galop!... » et, pour exciter les coursiers, il tapait fortement du bout de sa canne le plancher de sa voiturette.

Effectivement, les kurumayas, qui pensaient à leur pourboire, affectaient une sorte de petit galop qui secouait fortement le véhicule. Le baron s'amusait comme un enfant. Il continuait à hurler :

— Au galop! plus vite... encore plus vite!

Pour un peu, il eût cogné sur les épaules de l'homme-cheval. Takata, distancé, criait de loin :

— Attention, Excellence, ne vous agitez pas trop; vous finirez par faire verser votre kuruma...

— Hoch! hoch!... beuglait-il... kolossal! kolossal!...

Malheureusement, à un tournant, au moment où le baron trépignait d'aise dans son kuruma une roue du léger véhicule se détacha.

Tout culbuta, le kuruma, les deux hommes-chevaux et naturellement le baron qui, projeté comme un lourd projectile, enfonça la légère cloison d'une maison. Tout céda : les carreaux de papier et les lattes de bois; et le baron, abruti de sa chute, se retrouva assis sur son énorme derrière au milieu d'une famille japonaise accroupie autour du « hibashi » (1).

C'était la première fois qu'il lui était donné de visiter un intérieur japonais.

Il put aussitôt se rendre compte de l'extrême politesse de ce peuple charmant.

Au lieu de s'émouvoir et de se répandre en regrettables injures et en vaines récriminations, les Japonais se contentèrent de demander doucement à leur compatriote Takata qui accourait :

— Est-ce qu'il payera?

Et, sur sa réponse affirmative, le plus âgé, avec un aimable sourire, offrit aussitôt une tasse de thé vert au visiteur étranger.

— Buvez, Excellence, cela vous remettra, conseilla Takata.

Le baron von Bullenbeiszerbrut, qui reprenait à peine ses sens, but machinalement. Il s'étrangla un peu, devint très rouge, souffla, but de nouveau, et enfin retrouva ses idées. Aussitôt il déclara :

— Tout ceci est de la faute de l'homme-cheval attelé en flèche... C'est honteux, ma parole, quand on est ainsi attelé de tourner aussi court...

— Son Excellence a parfaitement raison, dit Takata... j'en suis confus pour mon pays... verser ainsi un noble étranger...

Très poliment, la famille japonaise tout entière soupira en signe de condoléances.

Le baron reprit :

— J'aurais pu me faire très mal... Croyez-vous que cette chute ait nui à ma santé?

— Excellence, dit modestement Takata, je n'ai pas été reçu docteur, mais je suis d'avis que la nature réagit d'elle-même. Du moment qu'elle n'éprouve aucune douleur, Son Excellence en sera quitte pour l'écorchure qu'elle a sur le nez et un léger abrutissement.

— Takata, dit le baron avec humeur, vous affectez sans doute de plaisanter à la française.

— Excellence, s'écria hypocritement Takata, vous m'accusez bien à tort. Je réponds simplement avec franchise.

— Grand merci! dit le baron vexé; et, s'étant remis péniblement sur ses pieds, il gagna la rue pour apostropher ses deux hommes-chevaux.

Les deux kurumayas étaient fort occupés à replacer sur son essieu la roue qui s'était détachée. Le baron commença à les insulter fort grossièrement dans le mauvais anglais dont il se servait, depuis qu'il était au Japon.

Ils ne s'émurent pas autrement; car ils n'entendaient rien aux langues étrangères. Ils firent simplement signe que leur kuruma serait bientôt réparé.

Le baron jugea qu'ils se moquaient de lui, et par conséquent de la Prusse, et de son empereur, et de l'Europe, et de la religion chrétienne.

— Ah! petits singes jaunes!... s'écria-t-il, et son gros poing se dressa menaçant.

(1) Réchaud de cuivre.

Et, au même moment, surgi on ne sait d'où, apparut un petit policeman, sanglé dans son uniforme européen et qui se mit à verbaliser. Takata était accouru.

— Votre affaire devient mauvaise, confia-t-il au baron : tapage nocturne, bris de clôture, menaces de mort; l'agent de police vous charge dans son rapport.

— C'est encore pire qu'à Paris, grogna le baron.

Il réfléchit; puis, tirant de sa poche un billet de dix yens, il le tendit au policeman.

Mais très correct, le sourire aux lèvres, le petit homme refusa et ajouta tranquillement : « Tentative de corruption d'un fonctionnaire », puis il pria le baron de le suivre au poste.

Le baron se sentit rempli d'indignation; il se mit à protester, à jurer que le Japon payerait cher cette atteinte au prestige d'un citoyen prussien, mais il fut contraint d'obéir. Tout entière, la famille japonaise lui fit cortège et aussi les hommes-chevaux, et encore quelques curieux, prenant une mine faussement désolée.

Takata suivait; et il répétait :

— Ce n'est pas ma faute, Excellence, si le Japon a cru copier la police européenne!

— Tas de sauvages, marmonnait le gros baron von Bullenbeiszerbrut, ils me le payeront!

Pourtant ce fut lui qui paya. Indulgent, le commissaire consentit à excuser tant de délits à condition qu'il les réparât pécuniairement. On se montra généreux à son égard : il n'eut à régler qu'un mur, un kuruma et la nourriture pour un mois des deux hommes-chevaux. Et, pour achever de le satisfaire, tout le monde, commissaire de police en tête, lui fit les plus belles salutations.

Le baron von Bullenbeiszerbrut inscrivit sur son calepin : « Ces infâmes Jaunes ont une mentalité si bizarre qu'elle nous échappe! » Et, furieux contre le Japon, il rentra à pied.

VI

Le baron von Bullenbeiszerbrut avait envie de s'éloigner de ce sale pays le plus tôt possible, mais son amour-propre le retint. Comment avouer qu'on a fait la moitié du tour du monde uniquement pour être conduit au poste! Il fallait au moins rapporter des souvenirs.

Le baron fit donc appeler Takata à l'Hôtel Impérial et le pria de lui servir de nouveau de guide et d'interprète pendant qu'il ferait ses achats. Très empressé, Takata le conduisit tout droit à ce qu'on appelle un magasin de « curios ». Là, l'acheteur a l'avantage de ne pas être obligé d'enlever ses souliers comme dans les boutiques ordinaires; il reçoit de nombreux compliments sur son bon goût et il repart le cœur en joie, convaincu d'être un grand connaisseur et de savoir conclure d'excellentes affaires.

Le gros baron réalisait le type de l'amateur idéal.

Il se laissa engluer comme un petit oiseau et, après plusieurs heures de savants marchandages, finit par payer dix fois leur valeur toute une série « d'occasions exceptionnelles ».

Takata, qui touchait une honnête commission, fut admirable : il approuvait tout ce que disait le baron et semblait prendre vigoureusement ses intérêts contre le marchand.

— Cinquante yens cet objet! s'écriait-il; mais il n'en vaut pas vingt!

Le marchand paraissait très ennuyé; et le baron s'amusait follement et payait alors sans contester une dizaine de yens une camelote prodigieuse.

Takata le réconciliait avec le Japon! Sur ses conseils, il acheta tout un ameublement, sans compter toutes les japonaiseries classiques, kakémonos, vases, bronzes, sabres, ivoires et broderies.

Puis il commanda de grandes caisses, fit emballer tous ses achats et ordonna de les expédier en Prusse, exclusivement par ligne allemande.

Alors il pensa qu'il n'avait plus qu'à achever de remplir son calepin en consultant quelques statistiques et qu'il pourrait, dès son retour, publier un gros livre palpitant d'intérêt sur l'état politique, économique et social du Japon avec un supplément spécialement consacré aux arts.

Il se fit donc conduire dans divers ministères.

Il avait naturellement de chaudes lettres de recommandation : il s'était même donné beaucoup de mal pour les obtenir. Il en fut récompensé : de jeunes secrétaires le reçurent partout avec un sourire aimable et lui remirent les statistiques et notes diverses ayant trait à chacun de leurs ministères respectifs.

Le baron chargea de ces précieux documents les bras de l'humble Takata; et il rentra à son hôtel, heureux comme un collégien qui vient de remporter des prix.

C'était un grand travailleur; il compilait avec acharnement; il avait même une belle écriture et traçait de nobles majuscules. Là, comme partout, il se montrait imposant et même écrasant!

Heureux Japon qui, enfin, allait être pris au sérieux!

VII

Pour se reposer de ses grands travaux, le baron faisait tous les jours une petite promenade à travers les rues de Tokio, pour se décongestionner un peu et recueillir de nouvelles observations.

En vérité, il trouvait que Tokio était fort laid et ressemblait à un immense village; et, sur ce point, il n'avait pas tout à fait tort.

Il est certain que si le Japon présente des sites de toute beauté et d'un effet décoratif prodigieux, en revanche les grandes villes y sont d'aspect lamentable, surtout depuis que le progrès moderne les a ornées d'édifices municipaux prétentieux et d'innombrables réseaux de fils de fer. Et c'est aussi affligeant à voir que de contempler des gens encore vêtus de kimonos et portant notre affreux chapeau dit melon!

Malgré sa lourdeur d'esprit, le baron s'était aperçu de l'inélégance de tant de contrastes! Mais, au lieu de le regretter en artiste, il exultait au contraire parce qu'il trouvait une occasion de noter quelque chose de commun et de stupide chez les autres.

Il songeait avec enthousiasme : « Le voilà bien, ce Japon prétentieux qui affecte d'égaler les nations blanches! Dans les rues en terre battue de sa capitale, des poules picorent comme dans une cour de ferme! Et ces fonctionnaires en redingote mal coupée, sont-ils assez ridicules! Et ces soldats en uniforme européen qui traînent leurs parents vêtus en sauvages! Et ces femmes qui, devant le tramway électrique, se sauvent en courant comme des canards, les pieds en dedans, pendant que se balancent la grosse tête ronde des bébés ficelés à califourchon sur leur dos! Que l'ensemble est disgracieux! Que Berlin est donc préférable! »

Par contre, il évitait avec soin de remarquer ce qui restait de pittoresque dans ce tableau urbain : les enfants charmants qui passaient comme de gros papillons en agitant leurs robes bariolées; et les cigales qui chantaient dans leurs petites cages d'osier; et les fleurs qui mettaient un sourire à la plus pauvre demeure; et mille détails encore qui rappelaient que ces citadins, privés par nécessité des grâces de la nature, essayaient tout au moins d'en jouir en petit.

Mais le baron ne voyait pas tous ces petits riens qui demeuraient pour lui trop discrets.

Parfois, il s'amusait à regarder circuler la foule. Et c'était pour lui un autre ravissement : quelle grotesque indécence! Tout un peuple en peignoirs de bains!

— Hoch! Hoch! rugissait-il, quelle civilisation!

Et il se gardait de signaler que les plus humbles femmes du peuple avaient toujours une ceinture et une ombrelle dont la nuance s'harmonisait avec celle de leur robe; ce qui est pourtant rare à Berlin!... Mais il remarquait leurs mollets...

Or, à force de s'y intéresser, il finit par éprouver le besoin de les étudier de plus près. C'est pourquoi, un beau jour, il finit par demander à Takata s'il n'existait pas à Tokio une sorte de brasserie discrète où l'on pût se rafraîchir et lutiner de jolies servantes. Takata sourit, prit une petite rue écartée et s'arrêta devant une maison basse. Doucement, il tapa contre un panneau dont le haut était garni de carreaux de papier. Le panneau glissa dans ses rainures; et une vieille femme aux dents laquées de noir passa une tête méfiante.

Elle reconnut Takata et esquissa un sourire.

Takata, qui s'était assuré que le baron n'entendait rien au japonais, dit :

— Je vous amène un étranger dont vous voudrez bien excuser par patriotisme l'aspect repoussant. Car je suis chargé de le surveiller. J'attends une occasion propice pour examiner ses papiers.

La vieille salua d'un air entendu; puis, se mettant à quatre pattes, elle salua le visiteur en abaissant son front jusqu'aux « tatamis » (1).

Takata dit au baron :

— Son Excellence peut entrer.

Le baron qui venait d'apercevoir dans la pénombre une attrayante silhouette de jeune mousmé, n'hésita pas. Mais, à sa grande stupéfaction, Takata se permit de lui barrer le chemin.

— Excellence, je réclame votre indulgence, mais je vous demanderai de bien vouloir enlever vos souliers.

— Que dites-vous là, Takata?

— Je vous demande humblement de vous déchausser.

— De me déchausser?...

— Oui, Excellence.

— Non, Takata, je n'enlèverai pas mes souliers, protesta avec indignation le noble baron.

— Excellence, j'en suis au regret, mais, au Japon, on n'entre dans les maisons que déchaussé. En revanche, Son Excellence peut parfaitement garder son chapeau sur sa

<hr>

(1) *Nattes épaisses et moelleuses, tressées en paille fine.*

tête, et son cigare à la bouche, et son parapluie à la main.

— Pardon, fit observer le baron, jusqu'à présent je n'ai enlevé mes chaussures nulle part, sauf pour me mettre au lit.

— Son Excellence m'excusera, mais elle n'a encore vu du Japon que ce qui n'est pas le Japon.

— Quel galimatias, Takata!

— Hélas! c'est pourtant la vérité! Dans les intérieurs japonais la stricte politesse oblige le visiteur à quitter ses chaussures. C'est pourquoi, je conseillerai à Son Excellence, si elle doit rester au Japon, de se munir de bottines à élastiques ou encore de petits souliers ou même de pantoufles.

— Vous êtes fou, Takata, dit le baron avec hauteur; je garderai mes souliers ordinaires et j'entrerai partout.

L'humble Takata n'essaya plus de le contredire. Il le suivit, tête basse, persuadé qu'il serait de nouveau mené au poste.

La vieille dame avait remarqué que l'étranger pénétrait dans sa vénérable demeure avec ses chaussures. Elle en restait suffoquée.

— C'est d'une barbarie incroyable! marmonnait-elle. Ce « baka » doit être un Russe!

— Non, c'est simplement un Prussien.

— Ah! dit la vieille, nos soldats devraient bien battre aussi les Prussiens!

— Ce souhait vous honore! dit gracieusement Takata.

Et il courut après le baron, qui pénétrait comme un gros bouledogue dans la maison de thé au risque de renverser de nouveau un mur.

— Excellence, faites attention! murmura-t-il; vous allez casser la maison.

Le baron se mit à rire :

— Kolossal!... Kolossal!... Et où sont les petites femmes?... J'en voudrais voir une qui ressemblât à une poupée.

— A une poupée?... murmura Takata.

— Oui. J'ai lu ce terme exquis de comparaison dans plusieurs livres : une poupée... O Takata!... faites-moi venir une poupée...

Bien qu'il méprisât fort les femmes, Takata fut suffoqué d'entendre surnommer les Japonaises des poupées; mais il n'en laissa rien paraître.

— Excellence, dit-il, vous allez être satisfait. En attendant, daignez vous asseoir.

Et il désigna un des petits coussins fort plats que la vieille avait tirés d'un placard.

— Pardon, fit observer le baron, je ne suis plus un petit garçon pour m'asseoir par terre. Vous avez dû mal interpréter mon désir de jouer à la poupée.

— Excellence, veuillez remarquer qu'il n'y a pas d'autre siège.

— Voici qui est curieux! Alors, il n'y a même pas un escabeau dans cette maison?

Et le baron, faisant glisser les portes dans leurs rainures, se mit à visiter la maison.

La vieille, toute scandalisée, protégeait la retraite des mousmés qui s'enfuyaient de chambre en chambre.

Quand il eut fait le tour de la maison, le baron revint dans la première pièce :

— C'est extraordinaire! Voici une demeure où il n'y a ni chaises, ni tables, ni étagères, ni lits, ni meubles d'aucune sorte.

— Pardon, dit Takata, il y a des paravents.

— Je vous l'accorde; il y a aussi des nattes partout; mais le reste de l'ameublement?

— Excellence, dans les maisons japonaises, il n'y a jamais aucun meuble. Dans de petits placards sont rangés les matelas et les couvertures; dans d'autres, les kimonos et les obis; dans d'autres encore, la marmite à riz, les bols, les soucoupes et les baguettes; dans un dernier, enfin, les objets de ménage et le petit balai qui sert pour les tatamis.

— C'est idiot! déclara gravement le baron.

Puis il réfléchit. Ses sourcils se froncèrent :

— Mais alors, qu'est-ce que tous ces meubles japonais que vous m'avez fait acheter?

— Excellence, nous les fabriquons pour l'exportation depuis que nous sommes civilisés.

— Voici qui est fort! rugit le baron. J'ai dépensé plus de deux mille yens à me procurer tout un ameublement japonais; et vous me déclarez maintenant que toutes les maisons au Japon en sont dépourvues! Mais on se moquera de moi à Berlin!

— Nullement, Excellence. Tous les touristes font comme vous; et quand ils sont rentrés dans leur pays, ils invitent leurs amis à admirer leur salon japonais. Or, je n'ai jamais entendu dire que personne y trouvât rien à objecter... Ce que vous avez acheté est parfaitement japonais.

— Mais les Japonais ne s'en servent jamais!...

— Vous avez raison; mais nous ne sommes pas assez riches, voyez-vous, pour faire usage de tout ce que nous fabriquons...

Et Takata ajouta, saisi d'un besoin de franchise :

— Quand il faut acheter des canons, on est bien obligé de vendre d'anciens sabres.

— Vous voulez dire d'en fabriquer, avec la dernière mauvaise foi?

Takata soupira :

— Son Excellence comprendra que nous sommes obligés

de renouveler parfois nos lots d'antiquités. Mais c'est la même méthode et les mêmes ouvriers qu'autrefois...

— Takata, vous vous êtes moqué de moi, dit le baron avec humeur.

Et il tira son calepin pour noter la duplicité commerciale des Japonais!

VIII

LE baron s'était résigné à s'asseoir par terre sur le petit coussin plat. Il s'y trouvait d'ailleurs fort mal.

Il essaya de replier ses jambes sous lui « en tailleur », comme Takata qui avait pris place en face de lui; mais il ne put y parvenir. Alors, il allongea ses jambes en avant, et, pour retenir son buste, il s'arc-bouta sur ses mains.

La vieille dame entrait justement, apportant sur un plateau tout un système compliqué de petits bols, de soucoupes, de théières et de flacons.

D'horreur, elle faillit tout laisser tomber.

— Qu'est-ce qu'il lui prend? grogna le baron.

Takata lui mit son doigt entre les pieds.

— Ce tatami sert de table.

— Ah! parfait! s'écria le baron; et il daigna sourire mais sans retirer ses pieds.

Cependant la vieille dame restait figée dans son attitude éplorée : elle ne savait où poser le plateau.

Takata lui dit en japonais :

— Placez-le n'importe où. Mais envoyez vite une de vos mousmés pour servir ce pétulant barbare.

— Laquelle?

— Celle qui a la figure la moins expressive. Ce gros monstre désire une poupée.

— J'ai Mme Chrysanthème.

— Non, il se figurerait que c'est celle de Loti.

— Mlle Bambou?

— Non, elle ne fut guère appréciée des étrangers.

— Et Mlle Camélia? Elle n'est pas très bien élevée...

— Oh! c'est préférable, au contraire. Elle souffrira moins.

Cependant le baron murmurait :

— C'est insupportable de ne rien comprendre. Que dites-vous, Takata?

— Je demande, Excellence, s'il existait une mousmé digne de vous servir.

— Et il en existe une?

— Oui, j'espère.

— C'est ce que nous verrons, dit le baron.

Puis il demanda :

— Que pensent les Japonaises des Prussiens? Elles qui sont habituées, les pauvres petites, à ne voir que de petits hommes gringalets et fort laids.

Ayant souri, il ajouta aimablement :

— D'ailleurs, la beauté n'est pas tout évidemment pour un homme... Vos compatriotes, malgré leur laideur, ont toute mon estime, croyez-le bien.

— Je remercie Son Excellence, se contenta de répondre Takata; et il eut la générosité de ne pas dire ce que pensaient les Japonaises.

Mais le baron n'était pas satisfait. Il insista :

— Un grand homme bien fait, au teint rose et à la peau du corps bien blanche, cela doit tout de même leur produire un certain effet.

— Probablement, Excellence, se hâta de dire Takata; et il sut garder un visage impassible, bien qu'une douce gaieté remplit son cœur.

Le baron continuait :

— C'est certainement en Prusse que se trouvent les plus beaux hommes du monde. Quand on voit défiler un régiment de grenadiers au pas de parade, on est fier d'appartenir à une race si puissante. La première du monde, Takata, je le dis sans orgueil. Vous savez d'ailleurs que nous avons toujours été victorieux et que nous le serons toujours... même auprès des femmes!...

IX

MLLE CAMÉLIA fit une entrée gracieuse; ses pieds nus se posaient avec une mignardise savante sur les moelleux tatamis et ses bras s'arrondissaient avec aisance dans la pénombre de ses longues et larges manches. Devant l'étranger, elle se prosterna à la mode japonaise, le front contre terre; mais avec tant d'élégance que ce salut ne conservait aucun caractère humiliant.

Le baron, avant même d'avoir vu son visage, commença donc par admirer les grosses coques luisantes de sa coiffure et le nœud mordoré de son obi (1).

(1) *Large ceinture roulée autour du corps et terminée par un gros nœud rectangulaire qui cache presque la moitié du dos.*

— Takata, dit-il, je suis un galant homme. Priez mademoiselle de relever son petit nez.

Mlle Camélia se redressa en souriant aimablement; et le baron, malgré lui, ressentit une certaine admiration. Il ne l'avouait pas; mais, à force d'avoir contemplé dans son entourage en Prusse de grandes et fortes blondes, il avait un penchant irrésistible pour les petites brunes...

Mlle Camélia lui parut délicieuse. Il prit dans sa grosse main les doigts menus de la petite mousmé et il y posa un baiser.

Mlle Camélia eut un léger tressaillement; car le baiser n'est guère en usage au Japon. D'ailleurs, les poils de la moustache, très dure à force d'être retroussée au fer, grattaient désagréablement son poignet, tandis que les lèvres humides risquaient d'enlever le fard de ses mains.

Elle était donc surprise et inquiète.

Le baron, qui se jugeait fort galant, s'aperçut que la petite main tremblait dans sa lourde patte.

— C'est charmant, songea-t-il; elle est déjà tout émue!

Avec un bon gros sourire, il la dévisagea. Elle avait une figure de petite fille vieillie avant l'âge, avec sa bouche mignonne, rougie par le fard, et ses petits yeux brillaient sous des paupières bridées.

Après examen, le baron se déclara satisfait. Mlle Camélia réalisait suffisamment son idéal de poupée.

Il lui restait à jouer avec. Alors, il prit le rôle de petit garçon; il adoucit sa voix jusqu'à en chevroter; il fit des grâces mignardes; il eut de petits soupirs coquins et des rires argentins.

Malheureusement, il était vraiment mal assis : son col le congestionnait; son gilet tirait sur son gros ventre; son pantalon craquait.

— Son Excellence devrait se mettre en kimono, elle serait plus à son aise, proposa le subtil Takata.

Le baron devint écarlate.

— Croyez-vous, Takata, que ce soit convenable?

— C'est l'usage général. Ainsi, moi-même, si vous le permettez, je vais revêtir mon kimono.

Et Takata disparut. Cependant, Mlle Camélia avait ouvert un petit placard. Elle en tira un joli kimono couleur d'azur, et gentiment elle s'approcha du baron et le lui offrit.

Puis, par gestes enfantins, elle lui fit signe qu'elle était prête à l'aider à se déshabiller.

Et le baron von Bullenbeiszerbrut se laissa faire.

Bientôt il fut en caleçon et gilet de flanelle.

Alors, Mlle Camélia essaya de lui passer le joli kimono couleur d'azur; mais ce fut en vain : le baron était trop bel homme.

Elle eut une petite mine désolée qui attendrit le bon gros gentilhomme.

Il se mit à minauder, essayant à son tour de lui expliquer que cela n'avait aucune importance; et il bombait au contraire avec fierté son estomac.

Soudain Mlle Camélia posa un doigt sur son front : une idée lui était venue sans doute.

Elle s'excusa et sortit en emportant les vêtements du baron.

Resté seul, dans son costume sommaire, le baron se mit à réfléchir qu'il était peut-être ridicule.

Il cria :

— Takata, êtes-vous là?

— Oui, Excellence; que faut-il pour votre service? répondit une voix qui venait de la pièce voisine.

— C'est bon, n'entrez pas, mais priez Mlle Camélia de me rapporter mes vêtements.

— Elle a été les ranger avec soin, elle va revenir avec un kimono.

— Tous les kimonos sont trop étroits... vos compatriotes sont si malingres.

— C'est vrai; mais il y a dans la maison un kimono spécial pour les lutteurs et les étrangers.

— Vraiment?

— Oui, prenez patience!

— C'est bon, j'attendrai, dit le baron résigné.

Pour s'occuper, il se mit à rêver. Son âme était remplie d'une poésie exquise. Jamais il n'avait connu de sensation aussi divine : être déshabillé comme un gros bébé par de petites mains fines!

Cependant Mlle Camélia ne revenait toujours pas. Que signifiait cette disparition?

Le baron commençait à s'impatienter. Soudain il entendit un bruit de voix dans la pièce d'entrée.

Une cloison glissa dans ses rainures: la tête de Takata apparut, simulant l'inquiétude.

— Excellence, dit-il à voix basse, c'est la police!

— Comment? s'écria le baron ahasourdi. Encore!... Mais il y a de la police partout dans ce damné pays!

— Chut! rhabillez-vous vite...

Et la main de Takata ayant lancé le complet du baron sur les tatamis, la cloison se referma.

— C'est une maison de petites filles, songea le baron fort effrayé. Quel scandale, si l'on me prend dans ce costume! Et hâtivement il se rhabilla.

La cloison glissa de nouveau.

— Vous êtes prêt, Excellence?

— Oui.

— Eh bien, suivez-moi!

Et le généreux Takata, prenant par la main le baron affolé, lui fit gagner une sortie dérobée.

Quand ils furent dans la rue, Takata pressa le pas et, lui montrant de loin un policeman qui ressortait de la maison de thé :

— Vous voyez, il nous guettait !

Cependant, le baron fronça les sourcils :

— Takata, pourquoi m'exposez-vous à pareille aventure ?

— Ce n'est pas ma faute, Excellence. Jusqu'à présent, les maisons de thé étaient tolérées. Mais nous nous civilisons… Il n'y aura bientôt plus que celles qui payent patente qui seront autorisées…

— Mais c'est tout à fait barbare.

— Non, nous copions l'Europe, soupira Takata.

Et, sortant de sa poche une feuille de papier couverte de caractères japonais :

— Voici l'addition ; je l'ai réglée à la hâte !

— Pardon, je n'ai rien consommé.

— Je ne pouvais pas discuter, fit observer fort justement Takata.

Ils poursuivirent sans mot dire leur chemin vers l'hôtel. Le baron était de fort mauvaise humeur ; mais il conservait un souvenir attendri de Mlle Camélia.

Il finit par demander :

— Ne pourrais-je revoir cette charmante enfant ?

Takata hocha de la tête :

— Peut-être ! dit-il ; et il fit un geste énigmatique.

<h3 style="text-align:center">X</h3>

UN tumulte effroyable ébranlait le grand Hôtel Impérial, habitué pourtant à supporter les tremblements de terre, si fréquents au Japon.

Le baron aboyait en parcourant furieusement le « hall » en tous sens ; et il se servait pour jurer de sa belle langue maternelle.

Sans s'émouvoir le moins du monde, les Anglais continuaient placidement à lire leurs journaux ; et l'Américain, M. John Mac Lynton, se balançait dans son « rocking chair ».

Quant aux domestiques japonais, ils affectaient une certaine consternation.

— Je déposerai une plainte à qui de droit, criait le baron ; on m'a volé mon carnet de notes avec les deux billets de cent yens que j'y avais placés.

Le gérant finit par s'émouvoir.

— Monsieur le baron, fit-il observer, peut-être l'avez-vous simplement perdu ?

— C'est impossible ! Je le porte toujours dans une poche intérieure que je boutonne avec soin.

Et le baron se mit à se lamenter.

— Deux cents yens de perdus, ce n'est rien ! Mais mes notes, voilà la perte irréparable !

— Ne pourriez-vous le rétablir ? dit le gérant.

— Impossible ! J'y avais consigné des détails précis, des observations météorologiques, des renseignements de toute sorte, difficiles à retrouver.

Puis, ayant réfléchi, il continua :

— Vraiment ! je n'y comprends rien. Je porte toujours ce carnet sur moi. Or, tout à l'heure, en mettant mon smoking pour le dîner, je l'ai vainement cherché dans la poche du veston que je venais de quitter.

Le gérant conclut :

— En tout cas, ce n'est pas à l'hôtel que vous avez été victime d'un vol. Je réponds de tout mon personnel… Veuillez vous rappeler où vous avez été cet après-midi… Peut-être avez-vous quitté votre veston…

Le baron réfléchit de nouveau ; et une idée soudaine lui vint en tête : le carnet avait été perdu dans la maison de thé.

Il s'écria :

— Savez-vous où est Takata ?

— Takata viendra ce soir comme d'ordinaire.

— Ne pourrait-on le faire prévenir de venir tout de suite ?

— Hum ! Je ne sais s'il est chez lui. Takata est un homme très occupé, déclara le gérant ; et, il rentra dans son bureau pour faire ses comptes.

L'Américain s'était levé. Il s'approcha du baron :

— Voulez-vous me permettre de vous donner un conseil, si toutefois vous ne m'en voulez pas de vous avoir proposé hier soir un combat en dix rounds.

— Où voulez-vous en venir ? dit le baron.

— Oh ! ne vous fâchez pas ! J'ai pour vous une grande sympathie. J'ai aussi du sang allemand dans les veines par ma grand'mère. Alors je vais vous donner un conseil. Dans les vieux pays, les gens sont très gentils, mais pas pratiques… Ils ignorent bien des choses, comme je vous l'ai déjà dit.

— Plaît-il ?

— Oui, ils sont un peu naïfs. Ici, au Japon, c'est très amusant, très bon marché. On fait d'excellents cocktails ; on vend des « curios » très intéressantes ; et aussi on loue des petites mousmés à l'heure ou à la journée, la même chose que les kurumas. Mais les gentlemen ne doivent pas prendre des notes, ni des photographies.

— Et pourquoi, s'il vous plaît ?

L'Américain eut un sourire goguenard.

— Dans le milieu où vivent les étrangers, tout le monde est de la police : le gérant de l'hôtel, les boys, et aussi les kurumayas et les marchands de « curios » et tous ceux auxquels vous aurez affaire. Alors, vous comprenez, si vous prenez des notes, surtout en allemand qu'ils connaissent mal, cela les embarrasse. Ils sont obligés de conserver votre carnet un peu plus longtemps pour le faire traduire ; mais ils vous le rendront, monsieur, avec l'argent qui s'y trouve, cela vous pouvez en être certain.

Le baron était suffoqué d'indignation. Il s'écria :

— Comment ? Vous êtes convaincu que vous êtes sans cesse entouré de policiers et vous restez quand même dans un pays pareil ?

— Parfaitement ! Moi, j'y viens chaque année passer deux semaines pour me reposer, parce que je suis nerveux à Chicago, à cause de mon « business ». Ici, je suis tranquille ; je sais que j'ai toujours quelqu'un de la police à côté de moi. C'est très agréable. Je suis protégé sans cesse sans avoir à payer un détective.

— Vous avez vraiment des idées bizarres !

— Non, je suis simplement très pratique ; dans mon pays, je ne suis pas protégé comme ici. Et puis ces policiers sont très aimables et très complaisants. Ce sont de véritables gentlemen. Vous pourrez circuler dans les plus sales quartiers sans même avoir besoin d'une canne ; vous pourrez dormir la porte ouverte dans les campagnes les plus reculées.

Et l'Américain conclut :

— Oui, ces petits Japs sont tout à fait gentils ; nous, dans l'Est des États-Unis, nous les aimons beaucoup. Il n'y a que dans le Far-West qu'on ne les aime pas parce qu'on croit qu'ils vont envahir la Californie ; mais c'est une erreur, monsieur, une erreur ! Nous avons une flotte formidable, bien supérieure à celle de vos vieux pays.

— Monsieur, dit le baron, la flotte allemande sera bientôt la première du monde ; c'est Sa Majesté notre empereur qui l'a dit.

<h3 style="text-align:center">XI</h3>

LE lendemain matin, le baron fut appelé au commissariat de police voisin.

Un petit monsieur, très correct, le salua chapeau bas :

— N'avez-vous rien perdu hier ?

— Si, mon carnet de notes.

— Vous avez des papiers d'identité ?

— Oui, voici, dit le baron en tendant sa carte d'officier de territoriale.

— Ah ! vous êtes officier. Je vous félicite, monsieur, d'appartenir à la plus belle armée du monde.

Et le petit monsieur fit un éloge prolongé de l'Allemagne ; puis il ajouta :

— Tenez, voici votre carnet… ainsi que deux billets de cent yens qui se trouvaient entre les feuillets.

Le baron ne put s'empêcher de questionner :

— Comment est-il entre vos mains ?

— Il m'a été apporté par la tenancière d'une maison de thé que vous avez sans doute honorée de votre présence.

— Oui, monsieur, dit le baron un peu gêné ; et il n'osa pas insister.

Comme il rentrait à l'hôtel, il rencontra le gérant qui demanda :

— Vous avez retrouvé votre carnet ?

— Oui, répondit sèchement le baron.

— Au Japon, rien ne se perd !

Comme ils se trouvaient sur le perron du grand hôtel, le baron entendit soudain un petit bruit de déclic : l'honorable étranger venait d'être pris de profil et de face par un photographe japonais.

Sans s'occuper autrement de ce détail, le baron haussa les épaules et pressa le pas.

Dans le grand hall, il croisa de nouveau M. Mac Lynton. L'Américain avait l'air le plus joyeux du monde, encore qu'il eût le bras en écharpe.

— Hullo ! Hullo ! Old chap ! Hullo ! cria-t-il.

Le baron, maussade, s'approcha.

— Toutes mes félicitations, continua l'Américain, vous pouvez maintenant circuler librement dans tout le Japon. La police possède votre signalement complet et même votre photographie. Quel avantage pour vous !

— Vous raillez, monsieur.

— Nullement. Supposez qu'il vous arrive malheur, que vous soyez par exemple frappé de congestion, car vous êtes gros et sanguin ; eh bien ! vous seriez rapporté ici à l'hôtel et votre ambassade serait aussitôt avertie de votre accident.

— Monsieur, s'écria le baron, je ne peux tolérer que vous preniez sans cesse à mon égard ce ton déplacé.

— Pardon, je dis la vérité. Le plus grand danger, le seul certainement au Japon qui vous menace, c'est la congestion.

— Hé! n'êtes-vous pas aussi gros que moi?... Et vous buvez beaucoup de cocktails.

— Oui, mais je prends de l'exercice. Ainsi, ce matin, j'ai combattu avec un professeur de jiu-jitsu. Je n'ai pu placer un seul bon « uppercut »; et il m'a démis le coude avec une adresse et une bravoure magnifiques.

— Ah! vous êtes content?

— Extrêmement. Je me suis beaucoup amusé. J'ai invité à déjeuner le professeur de jiu-jitsu; je vais lui payer le champagne. Si vous désirez faire sa connaissance, venez boire une coupe avec nous.

— Merci, monsieur, dit sèchement le baron, je connais déjà suffisamment de Japonais.

— J'oubliais de vous demander si vous avez retrouvé votre carnet.

— Oui, monsieur.

— Vous constatez! Ces petits Japs sont d'une honnêteté remarquable.

— Je constate, dit amèrement le baron.

L'Américain conseilla :

— Maintenant, vous devriez, comme je vous l'ai dit, aller vous promener dans le reste du Japon. Vous verrez comme les habitants sont aimables et complaisants, et doux de caractère, et polis de manières. Mais, rappelez-vous mon conseil : ne prenez pas de clichés. D'abord, c'est inutile; les Japonais font d'excellentes photographies. Vous n'avez qu'à en acheter. Cela vous prendra moins de temps et vous reviendra moins cher. Ensuite, c'est imprudent, les Japonais n'aiment pas que les photographes, même amateurs, fassent concurrence aux leurs. Si vous faites des clichés en dehors de la zone réservée aux touristes, vous serez aussitôt arrêté comme espion.

— Et on me confisquera mon appareil?

— Oui, mais on vous le rendra après avoir inspecté vos clichés. Et l'on vous remettra aussi vos clichés, s'ils ne présentent aucun intérêt. Ils seront même très bien développés.

— Monsieur, déclara le baron, je vous comprends de moins en moins. Vous adorez un pays dont vous dites le plus grand mal.

— Pardon! Je n'en dis pas de mal. Je constate et je répète que c'est une nation très sérieuse où la police est très bien organisée : c'est une grande qualité pour un pays... Je suis certain de ne subir au Japon d'autre dommage que de me faire voler par les marchands de « curios ». Mais je n'achète plus de « curios »; alors, ça m'est égal. Dans tout autre pays, on risque de se faire voler et même assassiner. Il n'y a qu'au Japon qu'on soit vraiment protégé comme étranger. Je vous le confirme de nouveau : j'aime beaucoup les petits Japs!

XII

Un matin, en consultant le registre de l'hôtel, le baron lut avec un certain plaisir le nom suivant : « Herr doctor Schwartz, de Munich. »

Il eût préféré que le docteur fût Prussien; mais enfin un Bavarois est encore un sujet du roi de Prusse; un compatriote, après tout.

Il se mit donc en quête de ce compatriote et finit par le découvrir dans la salle du bar, déserte à cette heure matinale.

Juché à quatre pattes sur une table de billard, le docteur Schwartz alignait avec une précaution infinie une série de grands cartons sur lesquels étaient épinglés, par familles entières, des coléoptères de toute nuance et de toute taille.

Auprès de lui était grande ouverte une vaste boîte en métal blanc peinte en vert pomme à l'extérieur. Dans cette boîte se trouvaient encore épinglés pêle-mêle sur une planche de liège d'autres insectes, butin de la dernière expédition.

Avec un soin minutieux, le docteur Schwartz saisissait un coléoptère dans la boîte au moyen d'une pince minuscule; puis il l'examinait à la loupe, réfléchissait longuement; et un nouvel échantillon allait enrichir une des familles déjà rangées sur l'un des grands cartons.

Intrigué, le baron considéra quelque temps son étrange compatriote.

Le docteur Schwartz était si absorbé qu'il ne s'était même pas aperçu de l'arrivée du baron.

Celui-ci finit par se décider à parler :

— C'est bien au très honoré docteur Schwartz que j'ai l'avantage de m'adresser?

Le savant, troublé dans sa rêverie, sursauta et redressa son buste. Il avait un long visage pâle, orné d'une grande barbe jaune; des yeux bleu clair, candides derrière de grosses lunettes d'or. Il souriait d'un air niais sans trop oser répondre; car il était assez timide de sa nature.

De sa belle voix militaire, le gentilhomme déclara :

— Je me présente. Je suis le lieutenant de territoriale, baron von Bullenbeiszerbrut, un vrai et bon Prussien, né et élevé en Prusse.

Intimidé, le docteur dodelina de la tête; puis il murmura :

— Vous m'excuserez. Moi, je m'appelle simplement Richard Schwartz, et je suis natif de Munich!

Le baron qui désirait être aimable, accentua :

— La ville de la bonne bière et des saucisses.

Le docteur Schwartz ajouta timidement :

— Nous avons aussi quelques beaux monuments...

— Oui, oui, consentit le baron. Munich est une jolie ville... Et vous êtes au Japon depuis longtemps?

— Depuis trois ans.

— Et vous vous y plaisez?

— Énormément. J'ai trouvé ici des échantillons tout à fait remarquables. J'ai même eu l'honneur de découvrir une famille inconnue jusqu'à ce jour.

Maussade, le baron s'écria :

— Pour moi, le Japon ne me plaît nullement. Il est vrai que je n'entends rien aux coléoptères.

— L'étude de ces insectes est pourtant bien intéressante, dit le savant. Ainsi, je vais vous montrer quelques-uns des plus précieux échantillons de ma collection.

Et, se penchant vers sa boîte, il saisit une petite pince; puis il dirigea sa main ainsi armée vers un des grands cartons placés sur la table de billard.

Soudain, il poussa un cri d'horreur. Le baron s'était assis cavalièrement sur le bord du billard; et, du pan de son veston, il avait balayé un des cartons.

— Mon Dieu, qu'avez-vous fait là? gémit le savant.

— Je vous prie de m'excuser, dit le baron, je vais vous aider à les chercher.

— Surtout, ne bougez pas, supplia le docteur Schwartz, vous allez m'en écraser un.

Et, s'aidant de sa loupe, il se mit à inspecter avec précaution le drap du billard.

Il finit par retrouver tous les coléoptères, sauf un. Or, comme toujours dans ces occasions-là, c'était précisément celui auquel il tenait le plus.

Confus, le baron offrit de nouveau son aide.

— Non, non. Ne bougez pas, c'est tout ce que je vous demande, répondit le pauvre homme.

Maintenant, il se traînait par terre, une loupe à la main.

Toujours assis sur le bord du billard, le baron commençait à perdre patience quand, heureusement, un garçon de bar, chargé d'écouter discrètement les conversations, s'approcha tout doucement.

Le docteur, qui avait déjà apprécié l'adresse et la minutie des Japonais, le pria de l'aider.

Le garçon de bar fut admirable. Il se mit aussi à quatre pattes; et, au bout d'un quart d'heure, il finit par retrouver dans une fente de parquet le précieux coléoptère.

Le docteur poussa un cri de joie et de reconnaissance et remercia chaleureusement le boy.

— Il est certain, songea le baron, que les mouchards sont, au Japon, remplis de courtoisie.

Le baron avait accaparé le pauvre docteur Schwartz qui n'avait pas osé refuser de prendre place aux repas à la même table que son puissant et terrible compatriote. Une fois de plus le Prussien s'imposait à l'Allemand.

Mais le docteur avait pris ses précautions pour que le baron ne pénétrât jamais dans la petite chambre où il rangeait ses précieuses collections.

Son cœur étant ainsi préservé contre la brusquerie prussienne, il acceptait avec résignation les discours hachés et les gestes militaires du baron.

Néanmoins, une certaine gêne subsistait entre eux : ils n'avaient évidemment ni la même mentalité, ni les mêmes goûts. Le seul point commun était leur amour de la compilation.

Invariablement, le baron commençait par raconter qu'il avait été voir manœuvrer des soldats japonais; qu'on sentait évidemment que les instructeurs prussiens avaient jadis donné une certaine tournure à cette armée; mais qu'elle ne valait pas l'armée allemande.

Le docteur Schwartz écoutait avec politesse; puis, sans transition, pour se soulager, il se mettait à parler de ses coléoptères; mais le baron, exaspéré, n'avait souvent pas la patience de le laisser parler jusqu'au bout.

Un terrain d'entente s'imposait.

Un soir, à dîner, le baron remarqua que son compatriote, si calme d'ordinaire, semblait agité. Il s'était peigné la barbe avec plus de soin; et ses yeux paraissaient moins candides. Enfin, au lieu de parler de ses coléoptères, il risqua deux ou trois petites plaisanteries assez grivoises.

Aussitôt le baron donna la réplique en accentuant; et il riait d'un bon gros rire d'homme satisfait.

Il finit par demander :

— Dites donc, herr doctor, si nous allions rendre visite à de petites femmes, ce soir?

Le naturaliste rougit comme une jeune fille; car il avait une âme délicate et sentimentale. Pourtant, il n'osa pas refuser.

Ils se levèrent de table et se rendirent dans le grand hall d'entrée de l'Hôtel Impérial.

L'ineffable Takata s'y trouvait comme tous les soirs, fort occupé à prendre ses observations d'espion en même temps qu'à vendre des « curios ».

Le baron lui tapa sans façon sur l'épaule :

— Êtes-vous libre ce soir?

— Oui, Excellence.

— Nous désirons, le docteur Schwartz et moi, faire un petit tour au Yoshiwara.

— A vos ordres.

— Mais je ne veux plus prendre de kurumayas!

— Si vous voulez, nous irons par le tramway.

— Merci, je ne veux pas entrer dans vos sales tramways. N'y aurait-il pas moyen d'avoir un véhicule attelé de chevaux au lieu d'hommes, bien que je n'en aie pas encore vu circuler dans Tokio?

— Certainement, dit Takata.

Et il se précipita au téléphone pour prévenir le service de sûreté.

Le gérant s'approcha, fort aimable.

— Ici, nous fournissons des voitures européennes.

— Eh bien, faites atteler, commanda le baron.

Un quart d'heure après, les deux Allemands, fumant de gros cigares, se prélassaient sur les coussins d'un vieux landau. Assis en face d'eux, Takata jouissait du plaisir rare de ce genre de locomotion.

XIII

LE landau qui portait les Allemands vers des amours inconnues roulait depuis longtemps à travers un dédale de petites rues mal éclairées. Tokio a tout à fait l'air d'un pauvre bourg de campagne qui se serait démesurément étendu, fit observer le baron, c'est une capitale lamentable.

Le docteur Schwartz accentua :

— C'est très curieux. Ces gens vivent d'une manière à la fois très primitive et très avancée. Ils n'ont ni meubles, ni vaisselles, ni linge; mais ils possèdent le téléphone et la lumière électrique.

— En somme, ils nous sont très inférieurs, conclut le baron.

Takata, qui comprenait l'Allemand, bien qu'il affectât de l'ignorer, haussait les épaules en silence. Ce que ces barbares admiraient, c'était ce qu'il y avait de plus laid : les fils électriques!

Soudain, au-dessus des petites maisons noires, une lueur apparut dans le ciel. Takata la montra du doigt :

— Là est la cité sans nuit.

— L'image est jolie, minauda le gros baron. Eh bien, mon ami Schwartz, qu'en dites-vous?

Le docteur ne répondit pas. C'était un homme chaste. Il regrettait déjà de s'être laissé entraîner.

Depuis trois ans qu'il séjournait au Japon, il n'avait encore ressenti aucune passion, sauf pour les coléoptères.

La curiosité ne lui était même pas venue de visiter le Yoshiwara. Quand il rentrait à Tokio après les randonnées à travers la campagne, c'était pour se réfugier dans la chambre où il entassait ses collections puis il repartait, l'âme aussi pure.

Le Yoshiwara était maintenant tout proche. On distinguait ses hautes maisons. Quelques fenêtres mettaient des carrés oranges dans l'ombre de leurs murs. Une rumeur s'accentuait, faite du brouhaha de la foule et du son lointain des « shamisen » (1) et des « koto » (2).

Le landau contourna les fossés boueux qui séparent le quartier d'amour du reste de la ville et bientôt s'arrêta devant l'unique entrée.

Les Allemands descendirent et, précédés de Takata, s'engagèrent à pied dans une sorte de ruelle dallée. Là, c'était le tapage, la lumière, la vie! C'était la cité sans nuit, le quartier d'amour aux rêves de folie, tandis qu'à côté, dans l'ombre, le reste de Tokio dormait son sommeil de misère!

Des boutiques basses, éclairées par des centaines de lanternes, offraient aux acheteurs un curieux mélange de marchandises.

Là, pêle-mêle, des cartes postales patriotiques et des estampes obscènes, des éventails et des mirlitons. Là, des kimonos et des chapeaux forme melon, des geltas de bois et des souliers à élastiques. Là, des arbres nains de jardins chinois et des fleurs artificielles de bazar allemand.

La foule également était bigarrée. Le frais kimono de soie froufroutait à côté de la redingote élimée. Des chignons antiques de lutteurs dominaient les casquettes de forme... demande des étudiants.

Et passaient des mendiants entonnant de vieilles mélopées, et des soldats sifflant une marche militaire importée d'Europe.

Et, au-dessus de tout cela, des becs électriques illuminaient des réclames lumineuses genre américain.

Cependant le baron, empoignant par le bras le timide docteur Schwartz, s'avançait fièrement dans l'enceinte réservée. Puis ils regardèrent autour d'eux et ce fut comme un enchantement : dans les rues bizarres du Yoshiwara, les magasins étaient remplacés par des sortes de cages au plancher surélevé de quelques pieds; mais, derrière les barreaux, en guise de félins, l'on apercevait simplement de jeunes mousmés.

Agenouillées dans leurs robes somptueuses, les mains

(1) *Sorte de guitare dont on joue en se servant d'un peigne d'ivoire.*

(2) *Instrument analogue, mais à notes graves.*

posées à plat sur les genoux, le regard fixe et étrange, elles paraissaient de petites idoles que la foule venait adorer.

Leurs coiffures monumentales, traversées par de longues épingles en bois laqué, formaient comme des auréoles à leurs visages mystérieux. Derrière elles, le fond de la cage figurait un horizon de rêve : de grands hérons se poursuivaient dans les nuages; des dragons jouaient sur des vagues tourmentées et leurs griffes enserraient des étoiles et leurs gueules menaçaient des soleils.

Ehahi! le baron s'était arrêté en contemplation devant l'un des magasins de poupées vivantes.

De tout son torse de colosse, il dominait la foule qui, curieusement, s'empressait autour de lui.

Dans la cage, une vingtaine de petites courtisanes fixaient leurs regards amusés sur ce monstre d'étranger. Alignées sur un rang, elles étaient toutes vêtues de même, en mauve clair, avec de beaux obis mordorés; car, au Yoshiwara, chaque cage possède sa couleur de robe.

Pendant quelques instant, les petites idoles eurent le courage de demeurer impassibles. Puis, ce fut plus fort qu'elles : au mépris de toute étiquette, un petit rire passa sur le visage entier; et, au grand scandale de leurs adorateurs, les idoles se mirent à faire d'affreuses grimaces.

Cependant le tenancier de la cage rappelait vertement ces demoiselles à la décence. Effrayées, elles devinrent sérieuses. Selon l'usage, l'une d'elles se mit à faire signe à l'étranger.

Courbant le poignet, elle agitait doucement sa main aux doigts allongés. Et ce geste du bras sortant de la longue manche, projetait sur le fond de la cage l'ombre d'un cygne ouvrant le bec qui espère attraper un morceau de pain!

La foule s'amusait prodigieusement; le gros étranger allait-il répondre à cette provocation?

Fort rouge, le baron examinait la mousmé : il la trouvait tout à fait à son gré, encore qu'elle eût le visage un peu plat et les yeux à fleur de tête.

Il se retourna vers Takata qui veillait à ce qu'un pickpocket ne profitât de l'enthousiasme et de la distraction de l'étranger :

— Takata, mon ami, que signifie le geste de cette aimable enfant?

— Excellence, cette jeune personne, qui porte le nom gracieux de Mlle Chou, vous fait signe qu'elle vous trouve charmant.

— Vraiment! s'exclama le baron flatté.

Et il demanda comment il pourrait rejoindre le bel oiseau en cage.

Cependant, le tenancier, qui avait pris place en une petite guérite munie d'un guichet de comptoir, tenait un fort beau discours à la foule. Il expliquait les qualités et charmes de ses pensionnaires, jurait qu'elles étaient de bonne santé et de famille distinguée, qu'elles avaient la peau fraîche et le cœur fort sentimental.

— Entrez, messieurs; l'on ne paye qu'en sortant et si l'on est content, terminait-il comme un bateleur à la parade sur un champ de foire; et, d'un geste majestueux, il soulevait un rideau qui cachait un escalier conduisant au premier étage au-dessus de la cage.

Le baron eut un moment d'hésitation.

Mais déjà Mlle Chou faisait ses appels de main à un autre visiteur, un affreux étudiant à casquette plate et grosses lunettes rondes.

La jalousie mordit le baron au cœur : brusquement il se décida et s'avança vers l'escalier.

Déjà le rideau tombait derrière lui; et une vieille femme s'emparait de ses pieds pour le déchausser. Cette fois, il ne protesta pas; il était décidé à se conformer aux usages japonais.

La clameur ironique de la foule salua la chute du rideau. Elle regrettait de ne pouvoir assister au second acte.

— Tas d'idiots, marmonna le baron von Bullenbeiszerbrut, puis une idée lui vint :

— Et Schwartz? demanda-t-il à Takata, courez après mon ami Schwartz. Peut-être s'est-il perdu dans la foule à la recherche d'une bête à bon dieu.

XIV

EN voyant le baron disparaître derrière le rideau, le docteur, effaré, s'était enfui.

Maintenant il errait au hasard dans les rues du Yoshiwara, sous le regard ironique de quatre mille mousmés.

Sa grande barbe jaune et ses lunettes d'or soulevaient une curiosité générale. Derrière leurs barreaux dorés, les idoles prenaient des attitudes profanes; elles riaient à perdre haleine; et les plis harmonieux de leurs belles robes se cassaient en tous sens. Lui, avec ses yeux bleus, si candides, semblait leur adresser un reproche discret, il songeait aux bonnes grosses filles de son pays; et une terreur lui venait de tous ces petits êtres jaunes aux gestes félins.

Comment s'était-il laissé entraîner dans cet enfer de Yoshiwara?

Autour de lui, la foule se faisait si compacte qu'il avait peine à se dégager. Des étudiants, désireux de montrer à la foule combien ils étaient instruits, lui adressaient à brûle-pourpoint des questions en mauvais anglais. Alors, éperdu, il répondait au hasard ; et ses réponses étaient aussitôt traduites à la foule qui les commentait par des exclamations joyeuses.

On conseillait aux étudiants : « Demandez-lui comment il trouve les mousmés ? »

— Très gentilles, très gentilles, répétait le pauvre homme pour avoir la paix ; et il demandait anxieusement où était la porte de sortie de ce maudit quartier.

Au moment où le docteur, après avoir tourné dans toutes les rues comme dans un labyrinthe, finissait par désespérer d'en trouver l'issue, il fut rejoint par Takata.

— Herr doctor ! cria ce dernier, venez vite : le baron vous attend pour faire une partie carrée.

Le docteur Schwartz haussa les épaules ; puis, après avoir réfléchi, il se résigna et suivit Takata.

La foule accompagnait et les lazzis continuaient.

Le docteur Schwartz était consterné : ce fut un triomphe quand le fameux rideau se tira devant lui ; des « banzaï » (1) vigoureux et ironiques retentirent ; une sorte de ruée se produisit. Chacun voulait voir la grimace que faisait l'étranger en pénétrant dans la maison d'amour.

En haut de l'escalier le baron, que sa chère Mlle Chou avait déjà à moitié déshabillé, attendait patiemment en caleçon et bras de chemise qu'on eût découvert un kimono assez vaste pour lui.

Dès qu'il aperçut le docteur, il s'écria :

— Montez vite, l'amour vous réclame.

Effectivement, Mlle Prune, une jeune beauté que le baron avait choisie pour son ami sans d'ailleurs le consulter, descendait l'escalier pour venir saluer le visiteur.

Gentiment, prenant le docteur par la main, elle l'invita par une mimique expressive à la suivre.

Devant tant de grâce, la pudeur du chaste naturaliste se laissa vaincre. Il gravit l'escalier tandis que le tenancier chassait à coups de sandales des gamins enragés qui avaient pénétré, eux aussi... pour voir !

XV

LE baron et le docteur Schwartz, tous deux vêtus d'un kimono trop court qui laissait voir leurs mollets roses couverts de longs poils blonds, se rendirent dans une petite pièce où devaient avoir lieu leurs agapes. Une des Yarité (2), attachée à l'établissement, qui avait vraiment tout à fait l'air maintenant d'une vieille dame du meilleur monde, les précédait en faisant les honneurs de la maison. Takata, goguenard, fermait la marche.

Mlle Chou et Mlle Prune, après s'être excusées, avaient disparu momentanément.

Elles manquaient ! Sans elles, la pièce paraissait bien vide, encore que le sol fût recouvert de moelleux tatamis. Pas de meubles, pas même de paravent ; rien, sauf dans un coin, un appareil téléphonique placé à terre. Pourtant, dans une sorte de petite alcôve, un kakémono était suspendu, représentant un vol de cigognes, un nuage et le Fujiyama.

La vieille matrone, aimable, découvrait dans un gracieux sourire ses dents laquées de noir : s'étant prosternée à quatre pattes, elle demanda quel était le désir des nobles étrangers.

Le baron commença par réclamer un fauteuil, une chaise ou tout au moins un escabeau. La vieille dame prit une mine affligée : la maison d'amour ne possédait comme sièges que les petits coussins d'usage. Il fallut bien les accepter : les deux étrangers s'y accroupirent en gémissant.

Plus habitué et d'ailleurs moins gros que son compatriote, le docteur Schwartz réussit à s'asseoir sur ses talons et à conserver à peu près l'équilibre en penchant son corps en avant. Mais le baron essaya vainement de l'imiter et fut obligé de s'arc-bouter sur ses mains.

Il était occupé à pousser des grognements de mécontentement quand apparurent de nouveau Mlle Prune et Mlle Chou en kimonos d'intérieur ; elles avaient quitté leurs belles robes de parade ; car elles se souciaient peu de les laisser froisser par les grosses mains des barbares !

Pour faire une rentrée correcte, les deux mousmés tombèrent à quatre pattes, le nez sur les tatamis ; puis, elles vinrent s'accroupir chacune à côté de l'ami de passage : Mlle Chou aux pieds du baron et Mlle Prune auprès du docteur Schwartz.

— Mon ami, demanda le baron, êtes-vous content de votre conquête ?

— Je n'ai rien conquis, répondit modestement le docteur.

Et, comme une crampe le lancinait, il cessa de s'asseoir sur ses talons pour prendre une nouvelle position de tailleur. Quelques instant après, le baron, à son tour, se vit obligé de changer son équilibre : ses bras étaient fatigués de servir d'arc-boutant.

(1) Le hurrah japonais.
(2) Yarité, vieille courtisane.

Une idée lui vint de pousser son coussin vers la cloison de manière à pouvoir s'y appuyer le dos.

Takata lui fit observer que cette cloison était peu solide. Mais le baron était têtu : il persistait à trouver son idée fort ingénieuse.

Soudain un craquement se fit entendre : la cloison cédait.

— Encore un mur à payer ! s'exclama le baron. Peut-on construire des maisons pareilles !

De fort méchante humeur, il se leva et se mit à arpenter furieusement la pièce tout en agitant les bras, au grand effroi des mousmés qui craignaient pour le plafond.

Cependant, sur de vastes plateaux, des serviteurs apportaient le souper japonais que Takata avait commandé par téléphone.

Le baron murmurait :

— Tout cela est fort bien. Mais comment y ferai-je honneur ? Il n'y a ni tables, ni chaises ! Et je ne peux me tenir en équilibre, assis par terre, sur ce maudit petit coussin.

Le docteur Schwartz réfléchit, puis il conseilla :

— Les Romains assistaient couchés aux festins. Imitez-les !

Cet exemple antique convainquit le baron. La vieille matrone alla chercher dans la chambre voisine un petit matelas japonais sur lequel il se mit à plat ventre ; et, devant son nez, à la place de l'oreiller, on disposa, suivant les rites, avec beaucoup de cérémonie, les plats du souper.

Le spectacle était touchant : le baron, vautré sur son petit matelas japonais, ouvrait une large bouche ; et Mlle Chou, avec une grâce charmante, lui donnait la becquée.

Sur un grand plat de faïence bleue et blanche, de petites tranches roses et transparentes de poisson cru reposaient en tas serrés. A l'aide de baguettes, Mlle Chou saisissait une de ces petites tranches ; puis elle la plaçait dans une soucoupe où elle avait précédemment versé un peu de Choyu, la sauce précédemment faite avec de petits haricots fermentés. A ce jus marron, elle avait ajouté la neige du raifort haché menu.

La petite tranche rose, agitée dans ce mélange, prenait des tons plus sombres et devenait tout à fait appétissante. Quand elle était à point, Mlle Chou la roulait en la faisant tournoyer au bout des baguettes ; puis, délicatement, elle déposait cette boulette sur la langue épaisse du baron qui, ensuite, avalait avec béatitude.

Assis un peu à l'écart, Takata philosophait sans oublier toutefois de faire honneur au sachimi (1) dont il raffolait comme tous les Japonais. Et une douce gaîté faisait rire son petit œil sous les paupières bridées quand son regard se fixait sur le gros corps du noble étranger.

Plus correct, le docteur Schwartz se servait lui-même des baguettes qu'il avait appris à manier alors qu'il mangeait chez les paysans.

Assise à côté de lui, Mlle Prune profitait de ce qu'elle n'était pas obligée de l'empâter, pour souper elle-même. Dans son petit cœur sensible, elle plaignait sa pauvre amie, Mlle Chou.

Cependant, les coupes de saké (2) circulaient de main en main, suivant l'usage.

Mlle Chou, après avoir trempé sa coupe dans un bol d'eau chaude, l'offrit à son gros ami et lui demanda la sienne en échange. Au mépris de toute politesse, le baron lui tendit sa coupe sans la nettoyer.

— Quelle grossièreté ! songea Mlle Prune.

Et sa pitié pour Mlle Chou s'augmenta.

Le saké, servi chaud, était d'agréable saveur : le baron l'apprécia. Il en vida plusieurs flacons à la fois par gourmandise et aussi par orgueil, pour montrer ce qu'un Prussien est capable d'avaler. Effectivement, tout le petit cercle japonais poussait de petits cris à chaque flacon ; mais il était difficile de discerner si c'était d'ironie ou d'admiration !

Bientôt le baron fut si rouge que Mlle Chou, malgré son courage, manqua en défaillir. Comme toutes les Japonaises, elle considérait un teint mat comme le signe de la beauté et de la distinction. Ces tons de viande saignante l'épouvantaient.

Soudain, le baron, passant son bras puissant autour de la taille de la pauvre mousmé, l'attira vers lui pour l'embrasser.

Malgré elle, Mlle Chou poussa un soupir plaintif ; mais les yarité qui, l'une après l'autre, s'étaient faufilées dans la pièce pour profiter du souper, la rappelèrent à son devoir.

Résignée, Mlle Chou s'abandonna.

Les gros baisers du baron, bien marqués sur les joues fardées de la pauvre mousmé, mettaient à nu des ronds de peau jaune. C'était à la fois comique et lamentable !

Mlle Prune avait envie de pleurer ; tant elle avait pitié de sa pauvre amie.

Touché par son maintien, le docteur Schwartz s'empara de sa petite main. Bientôt, très attendri lui-même, il lui jurait qu'il l'aimait. Mlle Prune, qui ne comprenait rien, le regardait d'un air ahuri et toujours fort triste, tandis que Mlle Chou, autre victime, achevait de perdre son fard sous les baisers de son bourreau.

(1) Poisson cru.
(2) Alcool de riz.

Tout à coup, une cloison glissa lentement dans ses rainures; et le tenancier apparut.

Après mille courbettes et mille excuses il s'avança vers le baron et, lui tendant un livre de police, il le pria de bien vouloir y inscrire son nom, son âge, sa profession, son lieu de naissance, ses domiciles antérieur, présent et futur, et divers autres renseignements.

— Que signifie cette incongruité? rugit le baron.

Takata intervint :

— Excellence, la loi est formelle; j'en suis au regret, mais vous devez vous y soumettre.

— Pardon, je suis sujet du roi de Prusse.

— Je n'en disconviens pas; mais ici, au Japon, vous êtes soumis aux lois japonaises.

— Alors, je suis obligé de déclarer officiellement que j'ai passé la nuit au Yoshiwara en compagnie de Mlle Chou? Mais, monsieur, en Prusse, nous avons plus de tact; nous sommes d'une discrétion que vous ignorez fâcheusement au Japon.

— Je sais, Excellence, que votre nation est supérieure. Veuillez donc excuser les faiblesses de la mienne.

— Je n'excuse rien et je n'écrirai rien, déclara fièrement le baron.

Et, se tournant vers son compatriote :

— Quant à vous, mon ami Schwartz, je vous défends d'obéir à ces coquins.

Résigné, le docteur Schwartz inclina la tête.

La situation devenait critique. Le tenancier conservait son sourire; mais, déjà, il avait fait signe à un boy d'aller chercher les policemen.

Heureusement Takata eut une idée excellente : il prit tranquillement le livre de police, y écrivit tous les renseignements exigés sur les étrangers et les certifia conformes; puis il signa : « Moi, Takata qui les accompagne, ayant prêté serment devant le chef de la sûreté générale. »

Le baron grogna :

— Qu'écrivez-vous là, Takata?

— Je n'ai pas la puissance de Son Excellence, je suis obligé de me conformer personnellement aux exigences de la loi, répondit modestement Takata; et il rendit le livre de police au tenancier qui, satisfait, alla s'accroupir à quatre pattes dans le coin de la pièce pour téléphoner au poste de police un contre-ordre.

— Vous voyez qu'avec un peu d'énergie, il est facile de tenir tête aux sottes prétentions de ces Jaunes! concluait le baron et, de ses lèvres victorieuses, il marqua d'un nouveau rond la joue de Mlle Chou.

XVI

Dans la chambrette doucement éclairée par une lanterne voilée de gaze, le baron reposait sur un petit matelas très plat et très dur et beaucoup trop court pour lui. Sous sa tête, un oreiller en forme de cube enfonçait une arête coupante dans la graisse de son cou. Un futton (1) couvrait son corps, mais le bas de ses mollets se trouvait sans couverture; et, comme des courants d'air passaient par les cloisons disjointes, le baron s'enrhumait à peu ou peu les pieds, ce qui est une des manières de s'enrhumer ainsi que chacun le sait!

Sans cesse, il éternuait; les papiers de carreaux en tremblaient, et Mlle Chou aussi.

Cette aimable personne passait une fort mauvaise nuit : assise sur son séant, elle fumait pour se distraire de l'insomnie une petite pipe dont le fourneau minuscule pouvait à peine contenir une pincée de tabac blond haché menu. Lorsqu'elle avait tiré deux ou trois bouffées de sa pipe, d'un geste décidé, elle la tapait sur le bord d'un cendrier : Pan, pan, pan!

Le baron, que ce bruit répété empêchait de s'assoupir, protestait avec énergie. Alors Mlle Chou, se penchant vers l'étranger, lui souriait avec coquetterie, implorant sa grâce.

Magnanime, le baron pardonnait; et quelques minutes après, lorsqu'il fermait les paupières, il entendait de nouveau : Pan, pan, pan!

Cependant, dans les carreaux de papier, des doigts avaient percé de petits trous; et, de temps à autre, un œil curieux jetait son regard sur le baron.

En vérité, les curieux étaient légèrement désappointés. Était-ce l'effet du saké? Mais le gros étranger ne songeait qu'à dormir; gêné dans sa respiration, il soufflait très fort.

On commentait ce souffle; de gracieuses mousmés, vivement intéressées, comparaient l'étranger aux diverses bêtes fabuleuses qui agrémentent les contes japonais.

Vainement la vanité essayait de les envoyer se coucher; son autorité était vaine. D'ailleurs elle-même était fort intriguée et, de temps à autre, elle allait aussi regarder par l'un des petits trous.

Soudain, une rumeur : toutes les mousmés s'enfuirent comme des souris apeurées.

(1) Grosse couverture ouatée.

Le baron, conduit par Mlle Chou, sortait de la chambrette et s'acheminait par les longs corridors en titubant.

Il sentait qu'il étouffait; étaient-ce les boulettes de poisson cru, les coupes de saké ou simplement le manque d'air dans l'étroite chambrette? En tout cas, il était fort mal à son aise.

Bientôt il se trouva sur la vérandah extérieure de la maison d'amour, et péniblement il s'accouda à la balustrade. Au-dessous de lui, la rue de la cité sans nuit était remplie d'une foule bruyante; dans la maison d'en face, au même étage, des geishas (1) dansaient au son du shamisen.

Insensible au spectacle, le baron gémit :

— Je ne me sens pas bien. Où est Takata?

Mlle Chou, qui n'entendait rien aux langues étrangères, sourit à tout hasard; puis, gentiment, déployant son éventail, elle se mit à l'agiter pour donner de l'air à son gros ami dont le front était couvert de gouttes de sueur.

De plus en plus souffrant, le baron bégayait :

— Takata! Allez prévenir Takata!

Discrètement, à quelques pas dans la pénombre des chambres, tout le personnel de la maison d'amour observait curieusement l'étranger.

Soudain, tout le gros corps du baron fut secoué d'un soubresaut formidable; une sorte de râle retentit; sous les moustaches fièrement retroussées, la bouche s'ouvrit largement...

Une clameur se fit entendre dans la rue; mousmés et étudiants, soldats en goguette et marins en bordée, chanteurs de rues et mendiants, tous se bousculaient pour sauver d'un désastre leurs kimonos ou leurs uniformes. Puis toutes les têtes se levèrent. On aperçut le gros étranger, dans son kimono trop court, aplati sur la balustrade, la tête congestionnée penchée au-dessus du vide.

Alors un rire formidable retentit; un accès de folle gaîté électrisait la foule. Et ce rire augmentait sans cesse; c'était comme un bruit de tempête.

Dans la maison d'en face, tous les habitants, les geishas en tête, s'étaient précipités vers les balcons; et les chats miaulaient désespérément.

Compatissante, Mlle Chou avait repris le baron par la main et elle le reconduisait vers la salle de bains. Là, plongeant dans la cuve en bois qui contenait l'eau chaude, un petit seau fixé au bout d'une tige de bambou, elle l'offrit gracieusement à son ami pour qu'il pût y nettoyer ses belles moustaches.

Le cœur des Japonaises est exquis!

Apeuré, le docteur, que les clameurs de la foule avaient réveillé, errait dans la maison d'amour à la recherche du baron. Mlle Prune, essayant de le rassurer, trottait derrière lui à pas menus.

Enfin il parvint par hasard à la salle de bains.

Passant par la cloison entr'ouverte sa grande barbe jaune, il murmura :

— Baron, est-ce une Révolution?

Le baron, qui éclatait de fureur, saisit cette occasion d'en faire supporter le poids à un innocent :

— Docteur Schwartz, hurla-t-il, tout ceci est de votre faute.

Prudemment, le docteur Schwartz retira la tête et il suivit Mlle Prune qui, par grands signes, lui expliquait que son ami devait être fou.

Au dehors, retentissait le son grave et plaintif d'un koto lointain. Il commençait à pleuvoir; on entendait les gouttes d'eau taper sur les carreaux de papier! Dans tout cela, quelle mélancolie!

XVII

Par une injustice criante, le baron en voulait à mort au docteur Schwartz qu'il accusait, sans aucune raison, d'avoir provoqué son indigestion. A plusieurs reprises, à table, dans la salle à manger de l'hôtel, il lui reprocha vertement sa conduite. Ahuri, le docteur Schwartz fixait sur lui le regard candide de ses yeux de pervenche qui luisaient si doucement derrière les lunettes d'or.

Résigné, il laissait le gentilhomme épancher sa bile.

Mais, après le déjeuner, il régla sa note d'hôtel, alla reprendre sa belle boîte vert pomme et gagna la gare voisine : pour avoir la paix avec la Prusse, il repartait en guerre contre les coléoptères.

Maussade, le baron lui dit à peine adieu.

Cependant, comme il recommençait à s'ennuyer mortellement, il se mit à se promener de long en large devant l'hôtel, tout en fumant un gros cigare.

Il essayait de retrouver toute sa majesté; mais le ridicule dont il s'était couvert la nuit précédente le hantait comme dans un cauchemar.

Takata, son ballot de bibelots sur l'épaule, arrivait à petits pas pressés.

(1) Danseuses.

Le baron l'interpella rudement :

— C'est ainsi que vous m'avez abandonné !

— Excusez-moi ! dit humblement Takata. J'ai été vous reprendre à la maison d'amour à l'heure indiquée ; mais on m'a répondu que, souffrant, vous vous étiez fait reconduire à l'hôtel...

Et, prenant une mine de circonstance, il confia :

— Mlle Chou paraissait désolée !

— Mlle Chou est une courtisane de bas étage, une petite prostituée de rien du tout, hurla le baron exaspéré ; c'est elle, après tout, qui m'a empoisonné avec ses sales boulettes de poisson cru !

» Quelle idée va-t-on se faire de la Prusse maintenant au Japon ?

Diplomate, Takata fit cette confidence hypocrite :

— On a cru au Yoshiwara que vous étiez un prince russe. C'est donc le prestige seul de la Russie qui en supportera les conséquences.

Un peu calmé, le baron reprit :

— En tout cas, je ne remettrai jamais les pieds au Yoshiwara. Quelle horreur que ce quartier de prostituées ! Et ces serins de poètes qui appellent ça... ça... rêve d'amour, cité sans nuit, ville des fleurs, songe divin ! Ah ! les idiots !

Et le baron brandit ses poings comme s'il eût voulu écraser tous les poètes de l'univers.

Takata conseilla :

— Je suis certain qu'à un bel homme pondéré, bien élevé et gracieux comme l'est Son Excellence, une jolie petite vierge eût évidemment mieux convenu. Évidemment toutes ces courtisanes sont indignes de Son Excellence.

— C'est tout à fait mon avis, acquiesça le baron flatté. Takata, vous parlez enfin comme un sage.

Puis ayant réfléchi, il ajouta :

— Il est certain que je suis encore d'âge à plaire. J'ai à peine la quarantaine, et je me flatte de m'être bien conservé. J'ai la plupart de mes dents et tous mes cheveux.

— C'est vrai, Excellence !

— Je ne dis pas que je n'aie un certain embonpoint ; mais, comme je suis de grande taille, je crois que j'ai plutôt avantage à paraître un peu fort...

Le baron, bombant fièrement la poitrine, accentua :

— Plus je vis, plus je voyage, et plus je m'aperçois qu'il n'y a vraiment qu'en Prusse qu'on trouve de beaux hommes. Ça, je ne cesserai de le répéter ; et sans vanité, croyez-le bien.

Takata qui, comme tous les Japonais, était très pince-sans-rire, confia d'une voix grave :

— Je crois malheureusement que par le vaste monde il existe beaucoup de femmes qui ont mauvais goût.

— Pourquoi me dites-vous cela, Takata ?

— Excellence, c'est une idée qui m'est venue rien qu'à observer ce qui se passe dans mon pays ; mais j'ai peut-être tort de généraliser.

— Je ne comprends pas, avoua le baron.

Takata hocha la tête d'un air entendu.

Or, justement, un jeune couple passait. Elle, une gentille mousmé : en pleine lumière, ses mollets mettaient une tache jaune entre les chaussettes blanches et le kimono couleur de lune ; et, dans la pénombre d'une ombrelle mauve, de petites dents luisaient comme des perles dans un écrin rose thé. Lui, un petit jeune homme, teint mat, fines moustaches brunes, l'allure sautillante.

Tous deux parlaient avec une certaine grâce un adorable charabia franco-japonais fait de concessions mutuelles au génie des deux langues. Et ils se regardaient fort amoureusement ; puis ils riaient aux éclats ; puis l'ombrelle s'abaissait pudique sur un baiser rapide.

Le baron von Bullenbeiszerbrut tressaillit :

— Regardez, Takata, ce doit être un de ces Français ! Quels êtres ridicules !

Takata prit un air affligé :

— Oui, je le connais. Il s'appelle Numa Troubadour. Il ressemble un peu à un Japonais. Et dire que la mousmé qui l'accompagne paraît le trouver charmant. Ah ! Excellence, vous devez comprendre maintenant mes lamentations : que de femmes ont un goût déplorable !

Mais le baron déclarait bravement :

— Il est scandaleux qu'un affreux petit Français se pavane ainsi dans les rues de Tokio ! Il manque de tact, il n'a aucun respect humain. Comment voulez-vous, après cela, que l'Europe conserve son prestige ! S'afficher ainsi publiquement en compagnie d'une petite grue exotique...

Et, réprimant un soupir de jalousie :

— Takata, je tiens absolument à étudier de plus près les mœurs japonaises ; mais je le ferai avec discrétion et dignité.

Et, se redressant majestueusement :

— Je ne suis pas un pantin, moi !

— — —

XVIII

LES hommes d'un certain âge, qui tombent amoureux, se croient toujours rajeunis d'au moins dix ans ; il en est même qui se figurent être redevenus de petits garçons.

C'est ainsi que le baron, avec des gestes puérils, minaudait devant l'armoire à glace de sa chambre d'hôtel.

Souriant avec béatitude à sa propre image, il arrondissait le bras, telle une danseuse espagnole, malgré son mépris pour les races latines.

Et il étendait gracieusement la jambe comme pour esquisser un pas de ballet.

— Charmant ! Tout à fait charmant ! murmura Takata qui, promu au rang de grand entremetteur, en profitait pour devenir assez familier.

— Il me semble que j'ai rajeuni de dix ans, n'est-ce pas, mon ami ? dit doucement le baron, qui s'exerçait à prendre une petite voix flûtée.

Puissance magique de l'amour ! Ce gentilhomme si hautement bien né, cet officier de landwehr à l'allure si martiale, ce géant, ce demi-dieu, renonçait à être « kolossal ». Bien plus, il s'abaissait maintenant à trouver quelque charme au Japon ; et il ne songeait qu'à prolonger son séjour dans ce pays qu'il abhorrait quelques jours auparavant.

Le baron avait simplement découvert son idéal au cours d'une de ses promenades, en jetant un coup d'œil dans un intérieur japonais. Une poupée mignonne à souhait. Son cœur battait délicieusement ! Il aimait...

La voix de Takata se fit entendre :

— Êtes-vous prêt ?

— Oui, mon ami, tout de suite.

Et le baron, s'emparant d'une petite houpette, couvrit de poudre un bouton qu'il avait au menton.

— Cela ne se voit pas trop ? questionnait-il avec inquiétude.

— Bah ! quand on a déjà tant de balafres sur les joues ! laissa échapper Takata.

Le baron haussa les épaules sans répondre et se contenta d'ajuster son monocle.

Puis, après un dernier regard satisfait à la glace, il sortit fièrement dans le corridor de l'hôtel où les boys s'inclinèrent devant son air conquérant.

Maintenant, par les petites rues de la cité qui dormaient sous un soleil aveuglant, il s'acheminait gravement, suivi du fidèle Takata. Soucieux, il prêtait grande attention à son itinéraire, car il avait grand'peur de se tromper.

Soudain, après un assez long parcours, il s'arrêta et, posant la main sur son cœur :

— C'est dans cette rue, j'en suis certain, qu'elle habite. Je reconnais les boutiques !

— Est-ce encore loin ? demanda Takata.

— Non, c'est là, sur la gauche, à une centaine de pas... allez-y, je n'ose pas.

— Mais comment la reconnaîtrai-je ?

— Vous ne pouvez confondre : c'est la plus jolie fille qui se puisse trouver... un bijou, une miniature... allez, Takata, allez.

— Vraiment je regrette, mais le signalement n'est pas suffisant. Vous devriez m'accompagner.

— Je n'oserai pas, avoua le baron timide comme un collégien.

Pourtant il finit par se décider.

Tous deux, lentement, s'avancèrent, examinant l'intérieur des maisons. Par cette forte chaleur, toutes les cloisons étaient tirées. Les murs semblaient avoir disparu. Groupées sur les tatamis, les familles japonaises étaient là, bien en évidence. Silencieux, les hommes s'éventaient tout en jouant des parties de « go » (1) ; assises sur leurs talons, les femmes se distrayaient en regardant les rares passants : le baron von Bullenbeiszerbrut fut aussitôt l'objet de leur aimable attention.

Troublé, il ôtait et remettait son monocle pour se donner une contenance.

Soudain, il eut un soubresaut !

Elle était là ! dans une arrière-pièce formant cuisine. Accroupie, elle activait de son souffle la combustion du charbon de bois sous la marmite à riz ; par moment elle allongeait la main pour remettre en place un tison.

Le baron, qui avait le cœur tendre, murmura :

— Pauvre petite, elle va se brûler.

— Soyez sans inquiétude, Mlle Petite Cascade est adroite, dit Takata.

— Ah ! vous savez son nom ?

— Oui, c'est la fille de Yumoto, le marchand de poissons... Tenez, vous voyez ce petit vieillard qui est occupé à vider ce gros thon... c'est lui, Yumoto... Il a une certaine aisance :

____

(1) Sorte de jeu de dames avec des centaines de pions.

Il possède les deux maisons, dont l'une lui sert d'habitation...

— La fortune de ce monsieur m'importe peu !

Takata reprit :

— Hé, hé, vous avez tort. Ce détail a son importance puisque vous trouvez sa fille charmante.

— Pardon, je ne tiens pas à ce qu'elle soit riche. Je l'aime d'une manière désintéressée, Takata.

— Je n'en doute pas ; mais Mlle Petite Cascade est un parti honorable ; donc il devient plus difficile d'obtenir sa main.

— Mais je ne compte pas l'épouser.

— Vous ne voulez pas l'épouser ? s'écria Takata, feignant une surprise pénible ; mais alors que venez-vous faire ici !

Et il expliqua au baron stupéfait que toutes les Japonaises n'étaient pas des courtisanes. Il ajouta avec cruauté :

— D'ailleurs, je sais que Mlle Petite Cascade est déjà presque fiancée.

— A qui, s'il vous plaît ?

— A un des membres éminents du barreau de Tokio, au maître Otogiro Watanabé.

— Et comment le savez-vous ?

— Je les ai rencontrés souvent dans le parc de Shiba ; ils paraissaient fort amoureux. Et même, ils s'embrassaient comme de simples Européens...

Le baron eut un soubresaut. Il se sentait choqué, en bon Prussien vertueux :

— Quel coquin que cet avocat qui essaye de séduire u pauvre jeune fille ! Et M. Yumoto, le père, est au courant de cette intrigue ?

— Je ne pense pas.

— Quelles mœurs !

— Vous avez raison. Depuis que les jeunes filles reçoivent une éducation à moitié européenne elles ont beaucoup changé de caractère. Quelques-unes même deviennent d'une indépendance regrettable et cherchent à se marier suivant leur cœur.

— Je crois, dit le baron, que ce serait une bonne action de votre part de prévenir M. Yumoto.

— Si je me contentais simplement de lui demander pour vous sa fille en mariage ?

— Mais permettez...

— Vous n'aurez qu'à divorcer ensuite. Au Japon c'est aussi simple que de se marier. On prévient le commissaire de police de son quartier qu'on répudie sa femme ; et c'est suffisant.

— Et la femme peut également divorcer avec la même facilité ?

— Non, la femme n'a jamais le droit de demander le divorce, affirma Takata. Tout de même, nous n'en sommes pas encore là !

Cependant le baron réfléchissait. Il contemplait Mlle Petite Cascade et la trouvait de plus en plus charmante. Tout était petit et fin chez elle, les yeux, le nez, la bouche, les mains, les pieds, la taille ! Quel idéal pour un homme chez qui tout était gros ! Quel contraste adorable.

Et le baron se voyait déjà installé dans une petite maison, berçant sur ses genoux sa petite poupée tandis que de petits oiseaux gazouilleraient dans de petits arbres au-dessus de petits ruisseaux. O lyrisme ! O Japon d'éventails !

Cachant mal son émotion, il se pencha vers l'oreille de Takata :

— C'est entendu ! Mlle Petite Cascade deviendra baronne !

Takata le regarda longuement ; puis finit par dire :

— C'est bien ! C'est beau ! ce que vous faites là. Vous pouvez compter sur moi. Dès ce soir, j'irai parler de vos loyales intentions à M. Yumoto !

Repris d'une crainte, le baron insista :

— N'est-ce pas. Un mariage purement japonais qui ne comptera pas...

— Tranquillisez-vous. Vous n'aurez qu'à divorcer quand vous quitterez le Japon ; et personne n'en saura jamais rien dans votre pays.

— Ce Japon est merveilleux ! dit aimablement le baron.

Cependant, comme son grand amour ne l'affolait pas au point de lui faire oublier de prendre des notes, il tira son calepin et il écrivit :

« L'immoralité de ce peuple, resté à moitié sauvage, scandaliserait nos honnêtes familles de Prusse. Les pauvres jeunes filles sont la proie de maris égoïstes qui les répudient quand ils veulent, au mépris de toute morale. »

Ainsi s'exprime généralement la reconnaissance des Germains à l'égard des vices étrangers dont ils profitent.

XIX

Monsieur Yumoto eut une attitude pleine de tact et de dignité quand Takata vint lui faire part des désirs du baron :

— Évidemment, dit-il, je serais heureux que ma fille devînt baronne. Mais encore suis-je curieux d'apprendre quel avantage je pourrais en retirer. A vrai dire, je ne suis pas ambitieux. Je suis un simple marchand de poissons. J'apprécie la noblesse, même chez les barbares ; mais je ne saurais oublier mon commerce : si le baron veut s'intéresser à ma maison, ma fille peut entrer dans la sienne.

— Monsieur, s'écria Takata, ces sentiments vous honorent ! Je crois que, sous forme de commandite, vous pouvez, sans déchoir, recevoir de l'argent du baron von Bullenbeiszerbrut : Mademoiselle votre fille servira de garantie. La loi japonaise reconnaît cette forme de contrat.

— Heureusement les pères de famille ont encore quelques droits, fit remarquer M. Yumoto.

Puis il convint :

— L'affaire est donc à considérer, si la commandite est suffisante. Quant au simulacre de mariage, si cet étranger a des principes, je ne m'y oppose pas. Ce sera évidemment peut-être plus décent.

— C'est-à-dire que c'est indispensable, déclara Takata. Ce qui rend les hommes amoureux c'est uniquement la difficulté qu'ils éprouvent à obtenir ce qu'ils désirent. Et les sacrifices, qu'ils sont obligés de consentir, transforment leur passion en un culte sérieux. Si le baron pouvait coucher avec mademoiselle votre fille simplement en devenant votre commanditaire, il n'en ressentirait plus aucune satisfaction. Il faut lui laisser ses illusions !

— Vous parlez comme un sage, dit M. Yumoto.

Ils convinrent alors que Mlle Petite Cascade serait présentée cérémonieusement au baron von Bullenbeiszerbrut et que celui-ci viendrait ensuite non moins cérémonieusement demander sa main.

— Il importe de conserver toute notre dignité, conclut Takata.

Ils se séparèrent en fort bons termes.

Takata avait reçu la promesse d'une forte commission, et il se contentait de la parole de M. Yumoto, qui était un homme d'honneur.

Le baron von Bullenbeiszerbrut attendait anxieusement le retour de Takata.

Dès qu'il l'aperçut, il demanda :

— Eh bien, quoi de nouveau ?

Takata prit un air soucieux :

— J'ai parlé à M. Yumoto. Cet excellent homme m'a chargé de vous remercier de l'honneur que vous lui faites ; mais il n'a pas voulu s'engager avant d'avoir consulté sa fille.

— Hélas ! je vois que c'est un refus !

— Non pas ! Mais il s'agit évidemment d'obtenir le consentement de Mlle Petite Cascade. Or, je vous ai dit qu'elle était presque fiancée à un jeune avocat pour lequel elle éprouve les tendres sentiments.

— Oui, je sais. Comment faire ?

— C'est fort simple. Je vous ménagerai dans une maison amie une entrevue discrète avec Mlle Petite Cascade. J'espère que vous saurez lui plaire.

— Takata, je vous remercie, dit le baron avec effusion ; j'apprécie, croyez-le bien, la délicatesse de votre conduite.

Puis, ayant réfléchi, il ajouta :

— Croyez-vous que j'aie quelques chances de lui plaire ?

— Évidemment ! Mais on ne sait jamais ! En tout cas, je crois que vous auriez intérêt la première fois à lui apparaître habillé à la japonaise. Le kimono vous avantage.

— Vous trouvez ?

— Certainement... et ce n'est pas seulement mon avis. L'autre soir, au Yoshiwara, Mlle Chou m'avait fait cette discrète confidence.

— Vraiment ?... Et quel genre de kimono me conseillez-vous ?

— La coupe de ceux des lutteurs : les femmes admirent la force.

— Comme c'est vrai ! avoua le baron attendri.

Et aussitôt il chargea Takata de lui envoyer un tailleur japonais.

Malgré sa satisfaction de toucher encore de ce côté-là une honnête commission, Takata considérait le baron avec une certaine pitié.

Comme ce pauvre gros homme avait changé depuis son arrivée au Japon ! Qu'il était donc à plaindre !

Et Takata, en véritable sage, marmonnait entre ses dents ce vieux proverbe japonais :

« Un cheveu de femme suffit à entraver un éléphant ! »

DEUXIEME PARTIE

> *« Aux yeux de la guenon, le plus*
> *« bel être qui soit au monde, c'est*
> *« le singe. »*

I

Ce matin-là, Otogiro Watanabé sortit de son futon un peu plus tard que de coutume. De gais rayons de soleil traçaient des arabesques sur les carreaux de papier; et, au dehors, les cigales, perchées dans le feuillage léger des bambous, chantaient éperdument.

Honteux de sa paresse, le jeune avocat s'habilla rapidement; puis il demanda à sa vieille servante si le facteur était déjà passé.

La bonne femme était en train de nettoyer à fond la maison, ce qui consistait à épousseter les tatamis à l'aide d'un petit balai.

— Oui, maître, il y a une lettre pour vous.

Il tressaillit, car il en recevait peu d'habitude. Ses clients étaient rares, et, par contre, ne le payaient guère. Il s'écria :

— Et vous ne me le disiez pas!

Il s'empara vivement de la lettre qu'elle lui tendait. Peut-être était-ce enfin la fortune, une demande d'un riche client de plaider pour lui.

Mais, dès qu'il eut jeté un regard sur l'enveloppe, il reconnut la main de Mlle Petite Cascade. Ce n'était pas encore le client rêvé! Mais il n'en ressentit aucune déception, car il était fort amoureux. Fébrilement il décacheta l'enveloppe et se mit à lire. Aussitôt le sourire qu'il avait sur les lèvres se changea en une moue amère.

Quelle affreuse chose! Mlle Petite Cascade le prévenait que, sacrifiée par un père inhumain, elle allait peut-être devenir la proie d'un étranger. Et elle se lamentait de façon fort distinguée sur sa triste destinée! Pour désigner ce mot *étranger*, Mlle Petite Cascade, qui était assez lettrée, s'était servie d'un ancien caractère chinois fort impressionnant, en ce sens qu'il signifiait à la fois la brutalité, l'imbécillité et la catastrophe. Cette image émut Otogiro Watanabé.

— O barbares, s'écria-t-il avec toute l'éloquence qu'il devait à sa profession, ne vous suffit-il pas d'avoir enlaidi notre pays de votre odieuse présence et prostitué nos lois par vos sottes idées que nous avons eu si grand tort d'accepter? Maintenant vous voulez cueillir les fleurs de nos jardins!

Il eut un grand geste indigné et, du coup, creva un carreau de papier. Sans s'en occuper, il dit simplement à sa vieille servante :

— Vous le ferez remettre.

Timidement elle montra ses mains vides.

— Que voulez-vous encore? dit-il.

Elle hésita un peu et finit par murmurer :

— Quelques sens (1) pour faire remplacer ce carreau et aussi pour...

Elle n'osa pas achever.

— Qu'avez-vous? Parlez!

— Eh bien, maître, je dois vous avouer que la provision de riz est épuisée.

— Vraiment! tous les malheurs à la fois!...

Cependant, il continuait à lire la lettre que lui adressait Mlle Petite Cascade.

« Tout espoir n'est pourtant pas perdu. Si mon père me sacrifie à un étranger, c'est uniquement par intérêt d'argent. Donc tout peut s'arranger. Votre éloquence même suffira peut-être à le détourner de son projet. »

— Pauvre enfant! murmura l'avocat, combien elle se fait d'illusion sur mon éloquence!

Puis il continua sa lecture. Mlle Petite Cascade terminait sa lettre en demandant un rendez-vous au parc de Shiba au coucher du soleil, au même endroit où nous nous sommes rencontrés pour la première fois, te souviens-tu, mon bien-aimé! »

S'il se souvenait!... Et, fermant les yeux, il voulut relire cette page adorée du livre de sa vie où brusquement il avait compris ce qu'est le véritable bonheur. Hélas! la page était tournée...

Alors il se mit à réfléchir. Avec angoisse il se demandait comment il pourrait éviter à sa petite amie la honte de devenir la maîtresse d'un étranger.

Certes, la pensée d'enlever sa bien-aimée lui vint tout de suite à l'esprit. Mais après?

Le terrible père de Mlle Petite Cascade aurait vite fait de

______

(1) *Le sen est la centième partie du yen qui, lui-même, vaut environ 2 fr. 60.*

mettre la police à ses trousses. Détournement de mineure, le cas était grave! Cela n'aurait d'ailleurs servi à rien; il eût été condamné et Petite Cascade serait retombée aussitôt sous le joug paternel. Quant à attendrir le marchand de poissons, il n'y fallait pas songer. Ce digne homme désirait, par un contrat aussi légal qu'hypocrite, tirer le plus grand profit possible de sa fille. A cela, aucun remède. Un étranger, avec le consentement du père et sous la protection des lois, posséderait tranquillement Mlle Petite Cascade. Au besoin, il l'épouserait.

Le mariage au Japon signifie si peu de chose pour l'homme : une simple déclaration au commissariat de police; et la femme devient son esclave.

Ensuite, si tel est le bon plaisir du mari, une seconde déclaration, et le divorce est accompli : la femme est chassée comme une chienne, même si elle a des enfants, qu'elle ne reverra jamais s'il plaît au maître et seigneur.

Ah! l'esprit des lois! Quelle sinistre comédie!

Otogiro Watanabé se sentait devenir anarchiste.

Il s'empara d'un code et se mit à en lire les articles.

Et, par moments, pris d'un grand accès de colère, il s'écriait :

— Que signifie tout ce galimatias? Où est la véritable justice? Dans un texte imprimé ou dans le cœur des hommes?

Soudain, il éclata : brandissant un poing vengeur, il se répandit en violents anathèmes contre la société en général et M. Yumoto en particulier. Il eut des périodes superbes et des gestes farouches.

Et quand il eut terminé par une péroraison foudroyante, il rejeta la tête en arrière, se croisa fièrement les bras... et il s'aperçut qu'il était seul dans sa misérable maison.

Alors, plus calme, Otogiro Watanabé alla s'asseoir en tailleur sur le tatami, devant sa tablette de travail qui mesurait un pied de haut; ce qui est fort commode, car on peut ainsi en travaillant, assis par terre, répandre autour de soi tous ses feuillets et les avoir pourtant sous la main.

Cependant, après avoir délayé dans un petit bol son encre de Chine, le jeune avocat s'empara d'un pinceau et commença, pour se distraire de ses tristes pensées, à annoter le dossier d'un de ses trop rares clients.

Et les heures s'écoulèrent, lentes et monotones. Par instants, le pauvre avocat se remettait malgré lui à songer à ses amours.

Du bout de son long pinceau, distraitement, il commençait à écrire le nom de sa bien-aimée en marge du dossier; puis, se reprenant, il l'effaçait à l'aide d'un de ces petits rasoirs minuscules avec lesquels on se rase les poils du nez; il l'avait acheté avec quelques autres objets de toilette pour l'offrir à Mlle Petite Cascade quand elle serait devenue sa femme. Mais maintenant, à quoi bon?

Bientôt, tout son courage l'abandonna; il posa son pinceau et, se prenant la tête dans les mains, il ne sortit plus de son rêve douloureux.

Cependant l'heure d'aller au Palais était arrivée. D'un zeste las, il prit un petit sac à main et y déposa ses dossiers. Puis, machinalement, il s'en fut vers le tribunal.

Par économie, il habitait hors de Tokio, une petite maison dans la banlieue.

Ce jour-là, ainsi que bien souvent d'ailleurs, il était obligé de faire le trajet à pied, car il n'avait même pas en poche les trois sens nécessaires pour prendre le tramway électrique. Traînant ses geitas usées, il se contentait de suivre les rails qui brillaient, aveuglants, sous un soleil de plomb.

Quand la voiture passait, rapide et légère, faisant glisser son mât le long du fil aérien, il se sentait rempli d'enthousiasme à la pensée d'appartenir à une nation si avancée en civilisation. En revanche, une fureur lui venait quand il voyait un des rares équipages de Tokio. Seuls, ces damnés Européens étaient assez riches pour se payer le luxe de se faire traîner par des chevaux.

L'esprit aigri, il poursuivait son chemin en ruminant des projets de vengeance.

Comme il marchait depuis près d'une heure, il se sentit soudain envahi par une étrange lassitude.

Heureusement, tout près de là, les cryptomérias (1) séculaires du parc de Shiba élevaient leurs rameaux majestueux dans le ciel bleu tout étincelant. Péniblement, il se traîna jusqu'à leur ombrage. Il eut encore quelques pas sur l'épaisse mousse qui recouvrait le sol; puis, à bout de forces, il s'étendit sur ce moelleux tapis de la nature, le meilleur des tatamis!

Une fraîcheur délicieuse régnait sous la haute futaie; autour de lui, c'était le silence, la paix, le repos; et, peu à peu, ses nerfs s'apaisèrent. Alors il se mit doucement à rêver à son vieux passé, au vieux passé si doux de son enfance.

Il se souvenait des papillons multicolores qu'il poursuivait jadis à travers la campagne; il revoyait ses petits camarades, gambadant dans leurs robes bariolées, semblables eux aussi à de gros papillons. Maintenant, raidis dans leurs robes noires de juges ou d'avocats, ils étaient devenus des hommes graves et sévères!

Et tristement, Otogiro Watanabé regrettait ces beaux jours d'autrefois, où il lui était permis de vivre en vrai Japonais, c'est-à-dire de faire corps et âme avec la nature.

______

(1) *Sorte de grands pins.*

Ah! pourquoi avait-il eu l'ambition d'étudier, de devenir quelqu'un de célèbre? Quel chemin aride que celui de la science ou de la gloire!

Ah! les nuits entières passées à travailler à la lueur d'une mauvaise chandelle; les après-midi ensoleillés, sacrifiés à l'ombre d'une chambre d'études; les soirs sans dîner, les matins sans espoir!

Pendant des années, il avait travaillé et lutté inutilement! Jamais une joie, ni une pensée d'amour, ni une caresse de la beauté!

Bête de somme intellectuelle, il avait courbé l'échine, rampé et gémi; son corps avait supporté toutes les privations de l'étudiant pauvre, et son esprit toutes les blessures d'un amour-propre exaspéré. Quelle vie que la sienne!

Que n'était-il resté paysan!

Il serait devenu un gas sain et robuste. Il aurait respiré à pleins poumons, mangé à sa faim, dormi à son aise. Il aurait aimé et admiré la nature. Il aurait vécu enfin!

Maintenant, qu'était-il? Il avait des désirs et des goûts qu'il ne pouvait satisfaire; des ambitions chimériques le hantaient comme des cauchemars.

Pourquoi donc avait-il pris part à ce cruel combat que soutient le Japon moderne pour... paraître!

Qu'étaient-ce donc que les Européens? Des barbares et des parvenus!

S'efforcer de leur ressembler, copier leurs lois, leurs armes, leur langage et jusqu'à leur affreux costume! Quelle folie!

Etait-ce donc cela, la civilisation? Remplacer la poésie, l'art, la joie de vivre, par de brutales formules, par des machines infernales, par l'âpreté d'une existence sacrifiée uniquement à la science aride et au luxe faux et inutile. Non, le Japon se trompait!

Et, pensif, Otogiro Watanabé écoutait le chant des cigales. Et des vers de vieux poètes nationaux lui revenaient!

Ah! que n'avait-il su profiter de la vie!

Il ne pouvait même pas profiter de cette belle journée de printemps, rester là à jouir de la nature dans cet admirable parc de Shiba!

Bientôt, il lui faudrait regagner la lourde atmosphère d'une chambre d'audience, l'estomac creux et la tête lourde.

Et doctement, il serait obligé de discuter sur les lois artificielles, comme s'il y avait d'autres lois que celles de la nature!

Ah! la nature! Avant de rentrer au Palais, Otogiro Watanabé voulait au moins repaître son esprit de sa beauté immortelle.

Il fit donc un effort et se releva; puis il s'en fut à l'aventure à travers le parc magnifique. Là, tout rappelait le passé somptueux d'un âge héroïque. Des portiques de bronze s'élevaient, gigantesques et superbes; et des avenues aux larges dalles, entre deux haies de lanternes de pierre, conduisaient aux temples sacrés dont les vieux ors brillaient mystérieusement parmi la pénombre de la futaie.

A chaque instant, au détour d'une allée, le jeune avocat s'attendait à voir apparaître un Daïmio hautain ou un poète amoureux, ou encore une jeune geisha rêvant au sabre des héros!

Mais tout était bien fini, bien passé, bien mort!

Maintenant tout était positif, pratique et laid!

Comme il rêvait encore à ce vieux Japon si regretté des artistes, le bruit d'un tramway le fit sursauter!

Là-bas, derrière un décor antique et admirable, il voyait passer la grosse voiture moderne et hideuse, avec son mât stupide grinçant sur des fils d'acier!

Pour la première fois de sa vie, Otogiro Watanabé eut un doute sur l'utilité du progrès.

Et une larme lui vint aux yeux.

Le jeune maître s'amollissait. Mais il est vrai qu'il n'avait rien dans l'estomac.

Alors, pour ne plus voir l'horrible tramway, il monta un sentier qui serpentait à travers les arbres.

Puis il s'arrêta de nouveau : de là, à travers les branches, on apercevait la mer, la mer immense et toujours belle qu'aucun progrès ne parviendra jamais à enlaidir.

Cette vue lui fit du bien : il demeura comme en extase.

Le corps nu drapé dans les plis du kimono, les pieds chaussés de geitas, la taille serrée par une ceinture à laquelle pendait l'étui de sa petite pipe, il était bien encore d'aspect le Japonais comme on l'admire sur une estampe antique.

Mais, dans son cœur, tout était bouleversé. Il n'était plus le mâle hautain, capable de s'écrier : « L'homme est plus haut que le ciel, la femme plus bas que la terre. » Il était devenu l'amoureux moderne.

Lentement, de nouveau, une grosse larme se formait sur le bord de ses cils.

Soudain, il s'en aperçut : pris d'une sorte de honte, il sursauta et redressa la tête.

Et la larme tomba, comme une perle de rosée au milieu des pétales de fleurs dont les cerisiers jonchaient le sol.

Larme d'amour! Un frisson passa dans la futaie comme si les esprits des Daïmio superbes et des fiers Samouraï, qui dormaient leur sommeil majestueux sous les arbres séculaires, fussent sortis de leurs tombes pour protester...

Pleurer!... Et pour une femme!...

II

OTOGIRO Watanabé sortit fièrement de la salle d'audience : sur son passage, le public murmurait des compliments à voix basse et les gardes, vêtus à l'européenne, s'effaçaient respectueusement.

Là-bas, accroupis sur leur banc, les trois juges, tout en s'éventant, le suivaient d'un regard attendri : vraiment le jeune avocat avait été superbe.

La cause pourtant était assez banale. Il plaidait pour un pauvre diable d'ancien Samouraï qui, dépouillé de tous ses biens par une fripouille style moderne, en avait été réduit à vendre jusqu'aux doubles sabres de ses ancêtres.

Otogiro Watanabé s'était tout de suite rendu compte du caractère chevaleresque du volé.

— Pas de dommages-intérêts, s'était-il écrié; pas même de restitution; ce que réclame mon client, c'est une satisfaction morale!

Et ce beau trait de générosité avait décidé les juges qui lui avaient donné gain de cause.

Ah! comme il se sentait fier et heureux, et plus grand, et plus fort!

Au vestiaire où il se rendit pour déposer sa belle robe noire au col couvert de parements blancs et sa toque anglaise aux longs rubans flottants, il reçut avec une modestie obligatoire les félicitations de ses amis et de ses collègues; mais, sous ses paupières bridées, ses petits yeux ardents pétillaient d'orgueil et de joie.

Avec délices, il écoutait répéter des passages de sa plaidoirie, de cette plaidoirie qu'il avait préparée pendant des nuits entières! Et il oubliait presque qu'il n'avait pas même pu déjeuner ce jour-là.

Lorsque ses amis se furent éloignés, il revêtit son kimono minable aux pans élimés et chaussa ses geitas tout usées. Puis, ayant serré sa plaidoirie et son dossier dans son grotesque petit sac à main, il s'en fut à travers la grande salle des pas perdus.

Il croisa quelques-uns des prévenus qu'il avait charge de défendre aux audiences suivantes : reliés par une corde, ils défilaient lamentablement.

Le jeune avocat constata à leur mine piteuse que ce n'étaient pas encore eux qui lui payeraient des honoraires. Il s'éloigna, tout attristé.

A la sortie du palais, il se trouva nez à nez avec le client pour lequel il avait si bien plaidé. A sa grande stupéfaction, cet ingrat ne se donna même pas la peine de le remercier.

Le jeune maître lui cria :

— La joie vous empêche-t-elle de parler? N'avez-vous pas compris que votre voleur fera six mois de prison?

L'ingrat se contenta de sourire tristement. Il balbutia :

— Je n'ai pas mangé depuis hier!

Il n'eut pas l'audace d'ajouter : « J'aurais préféré une simple petite restitution. »

Mais Otogiro Watanabé comprit qu'il le pensait. Ecœuré, il haussa les épaules : décidément, même au Japon, il existait des hommes bien terre à terre.

III

ENNUYÉ par la stupidité de l'existence et par l'ingratitude des hommes, le jeune avocat s'en fut droit devant lui, pour tuer le temps, en attendant le rendez-vous que lui avait fixé Mlle Petite Cascade.

Tout en marchant par les rues ensoleillées, il philosophait, un peu malgré lui.

Pour la première fois de son existence, Otogiro Watanabé commençait à réfléchir sérieusement à tout ce que contient ce seul mot : Aimer!...

Une fureur le prenait contre lui-même d'avoir laissé s'écouler les meilleures années de sa jeunesse sans aimer.

Après tout, que compte le reste? Qu'est la gloire? Tout ce qui est né, meurt. L'un après l'autre, tous les hommes sont engloutis dans l'océan de l'oubli.

Puis il songeait à la fortune qu'il finirait peut-être par acquérir.

Et il se disait : « Même en supposant que cette chance m'arrive, à quoi me servira cet argent quand, impuissant et usé, je ne pourrai plus profiter des véritables joies de la vie! »

Et il en arrivait à conclure :

« La seule chose importante dans la vie, c'est d'aimer. Or, l'amour est une chose fugitive; c'est un oiseau brillant qui passe parfois dans les cieux de printemps, bien rarement dans ceux d'été, presque jamais dans ceux d'automne. Quand on l'a aperçu, ne fût-ce qu'une fois, l'on peut rentrer chez soi et s'enfermer dans son intérieur. Son image divine revient charmer les rêves, même après la chute des neiges. Son seul souvenir nous permet de quitter la vie sans regrets.

« Mais bien fou est celui qui a passé son printemps le front courbé sur son ouvrage sans oser regarder les cieux de peur de perdre du temps. Quand il songe enfin à lever les yeux, il est souvent trop tard. Des nuages se sont formés et l'oiseau charmant s'est envolé vers l'azur. »

Ainsi Otogiro Watanabé se transformait en poète rien que d'avoir songé à l'amour; et déjà il en éprouvait l'enthousiasme délicieux, mais aussi les tristesses invincibles. Et il songeait qu'en tout cas, s'il avait le malheur de perdre maintenant Mlle Petite Cascade, plus jamais il ne connaîtrait la joie immense du premier amour; car l'on n'aime vraiment qu'une seule fois dans sa vie.

Certes il ne pouvait plus hésiter. S'il voulait connaître encore les douces illusions, il devait se hâter. Le reste, il s'en occuperait plus tard.

Ce fut avec ces très folles ou très sages idées en tête, qu'il revint de nouveau au parc de Shiba. Il gravit une pente sous la futaie et se trouva bientôt sur la hauteur d'où l'on pouvait apercevoir la mer par-dessus les cimes des arbres.

C'est là que Mlle Petite Cascade lui avait fixé rendez-vous au coucher du soleil; c'est là aussi que, par un beau jour de printemps, leurs cœurs émus s'étaient confondus pour la première fois dans l'admiration de la nature. Car le site était charmant : même maintenant que son cœur était rempli de tristesse, Otogiro Watanabé ne pouvait s'empêcher de goûter un certain charme à regarder au lointain les barques de pêche, se découpant en noir d'encre sur le ciel d'or rouge tandis que d'autres plus rapprochées miraient leurs voiles mauves dans les flots bleu sombre de la mer; et cette marine admirable avait pour cadre une éclaircie capricieuse entre le feuillage léger des bambous et une grosse branche de cryptoméria.

Cependant, à l'horizon, sur la mer ensanglantée, le soleil était venu se poser comme un gros ballon rouge. Des lueurs d'incendie illuminaient les troncs sombres des pins; et la mousse épaisse semblait un tapis noir semé d'émeraudes.

L'heure était venue où elle allait apparaître!

Aux aguets, il écoutait le bruit lointain de petites getas qui claquaient sur les lourdes racines.

Bientôt, dans la pénombre de la futaie, il l'aperçut qui s'avançait à pas menus, les pieds un peu en dedans pour que les plis de son kimono restassent rigides et fermés.

Fléchissant légèrement sur les genoux, elle avançait, le buste un peu penché en avant; et, sur son dos, s'épanouissait son large obi, Otogiro Watanabé sentait son cœur battre d'émotion.

Comme il se trouvait dans l'ombre d'un bosquet, elle ne l'aperçut pas tout de suite et s'arrêta pour contempler, elle aussi, la splendeur du crépuscule.

Elle restait là comme en extase; et une poussière d'or l'encadrait de gais scintillements.

Sur sa nuque un peu penchée, un dernier rayon de soleil faisait ressortir le noir brillant des grosses coques de son opulente chevelure; et dans l'ombre rose des grandes manches de son kimono, ses bras ronds luisaient comme du cuivre pâle.

Otogiro Watanabé la contemplait en silence.

Dans ce décor mystérieux du vieux parc, elle avait l'air d'une idole d'autrefois; et les ramures qui s'étendaient au-dessus d'elle ressemblaient aux voûtes majestueuses d'un temple fantastique.

Ah! comme il regrettait de ne pas avoir vécu aux temps héroïques, de ne pas être un ancien Samouraï, pour se présenter à ses yeux et l'éblouir de l'éclat de son armure!

Allait-il oser lui parler? Son cœur battait si fort dans sa poitrine! Lui, qui savait fournir de si magnifiques plaidoiries, il ne trouvait pas seulement trois mots à lui dire.

Eperdument, il cherchait à se souvenir de jolies phrases d'amour; mais il n'en avait jamais entendu, ni prononcé. Par une ironie du sort, les mots de femme, d'amour, de mariage, ne lui rappelaient que des articles du Code civil.

Et, peu à peu, la nuit tombait, une chaude et belle nuit de printemps qui mettait des caresses et des parfums dans l'air.

Alors, il résolut d'attendre et de rester caché.

Une peur lui était venue d'apporter une ombre fâcheuse à ce tableau divin. Ce n'était pas seulement l'amoureux qui hésitait; c'était l'artiste délicat, c'était le Japonais, le vrai Japonais!

IV

UNE obscurité presque complète remplissait maintenant le vaste parc; seuls, quelques rayons de lune, filtrant à travers les épais rameaux des cryptomérias, venaient mettre des guirlandes d'argent à leurs sombres colonnes. Mais, là-bas, la vaste baie de Tokio luisait comme un miroir qui reflétait les nuages laiteux aux reflets d'opale.

Toujours immobile, Mlle Petite Cascade continuait à contempler les lointains brumeux. A quoi rêvait-elle donc?

Caché dans l'ombre de la futaie, Otogiro Watanabé haletait d'émotion. Un désir fou s'emparait de lui : il aurait voulu posséder cette adorable vierge, la serrer dans ses bras, l'emporter à travers la nuit comme dans un rêve de féerie.

Elle ne semblait pas s'apercevoir de sa présence.

Elle aussi, maintenant, paraissait absorbée dans un rêve profond. Sa pensée flottait dans le ciel plein d'étoiles, loin de ce monde grossier et brutal; et son regard mélancolique semblait, par-dessus les nuages, chercher dans un paysage lunaire un idéal irréel; et peut-être aussi simplement l'oubli : l'oubli d'elle-même, l'oubli de tout.

Un peu intrigué, Otogiro se demanda :

— A quoi pense-t-elle donc?

Et il essayait bien à tort de traduire par des idées et des mots ce songe de vierge. Un rayon de lune, le murmure d'un flot lointain, le vent qui soupire, un peu d'éclat, de douceur et de tristesse, voilà parfois toute une jeune fille, son esprit, son cœur et son âme!

Mais Otogiro était Japonais : il aimait la précision; l'étude des lois l'avait habitué à classer les sentiments, les passions et les attitudes. Et il ne concevait pas que sa bien-aimée pût faire un rêve en ne rêvant à rien.

Dominant son émotion, il s'approcha d'elle et, d'une voix tremblante, il balbutia :

— A quoi pensez-vous donc?

Sans doute, elle avait reconnu cette voix qui lui avait déjà si souvent murmuré de si tendres choses, car elle se mit à trembler doucement, mais elle ne répondit rien. Peut-être avait-elle peur, elle aussi, de troubler un songe!

Alors il s'enhardit; il se fit tendre et poétique; il lui parla de la nature, sujet qu'il traitait assez bien parce qu'il avait des lettres, puis de l'amour, thème qu'il eut de la peine à développer; mais il resta dans la tonalité, en remplaçant les notes difficiles par de profonds soupirs.

Et elle tremblait de plus en plus fort; et la soie de son kimono bruissait comme un feuillage de bambou que caresse la brise.

Les amoureux ont, comme les ivrognes, des idées fixes : il redemanda en suppliant :

— A quoi pensez-vous donc?

Et d'une voix hésitante et grave, elle finit par répondre :

— A rien; c'est-à-dire à moi.

Et il trouva cette réponse charmante, parce qu'il était amoureux et aussi parce que la vérité a toujours un certain charme.

Cependant, toute frissonnante, elle fixait de nouveau son regard sur les horizons lointains comme par une sorte de pudeur pour éviter les yeux ardents du jeune homme.

Alors il résolut de brusquer la situation. Dominant son émotion, il s'avança vers elle jusqu'à l'effleurer; et, tout bas, il lui murmura à l'oreille :

— Votre rêve est-il semblable au mien?

Sans même se retourner, elle fit un geste vague de la main et ne répondit pas.

Brusquement, elle s'écarta de lui. Dépité, il restait en place, ne sachant que penser. Puis il se rapprocha d'elle et lui dit :

— Pourquoi ne voulez-vous pas me répondre?

Et comme elle se renfermait toujours dans son mutisme énigmatique, affolé d'amour, sans plus songer qu'un Japonais ne doit jamais s'humilier devant une femme, il commença à lui conter son trouble et son émoi; et il trouvait maintenant de jolis mots d'amour; et il parlait de la nuit, de la mer, et de la lune, et de son cœur...

Soudain, sortant de sa rêverie mystérieuse, elle le regarda froidement.

Comme il se taisait à son tour, pris d'une sorte de découragement, elle finit par dire :

— Mon attitude vous étonne, n'est-ce pas? Je le comprends. Je sais, n'en doutez pas, quelle réserve nous est imposée, à nous, les femmes, les éternelles esclaves. Je sais que nous ne sommes rien devant nos maîtres, que nous n'avons le droit de ne rien dire, à moins que cela ne leur soit particulièrement agréable; je sais que nous devons être modestes, douces, obéissantes, silencieuses, propres, dévouées, et pourtant toujours souriantes. Eh bien! moi, je vous le dis en face, je suis une révoltée. Je n'ajoute rien : vous devez être suffisamment édifié sur mon compte.

Et, rejetant fièrement la tête en arrière, elle se dressait devant lui comme pour le défier.

Son visage si doux d'habitude s'était subitement contracté; ses yeux luisaient sous les paupières plissées par la colère; et une moue menaçante fronçait ses jolies lèvres.

De plus en plus stupéfait, Otogiro la considérait avec une sorte de crainte mêlée de respect.

Il se sentait envahi par une admiration croissante pour l'énergie de cette femme qui avait l'audace de parler ainsi, en plein Japon.

D'un ton fébrile, il lui dit que lui aussi était un révolutionnaire et qu'il n'admettait pas la misérable condition où étaient plongées les pauvres femmes. Et, son tempérament d'avocat lui venant en aide, il commença une plaidoirie magnifique en faveur de ces malheureuses victimes du sort.

Et, dressant vers les cieux ses poings frémissants, il hurlait à l'infamie des hommes.

Mais déjà l'exaltation de Mlle Petite Cascade était tombée; et maintenant elle pleurait à chaudes larmes, en lui demandant humblement pardon d'avoir été si méchante et si hautaine.

— C'était un moment de folie, bégayait-elle; mais je suis si malheureuse, si malheureuse!

Et elle ajoutait :

— Vous êtes si bon, si grand, si généreux; et c'est si rare de trouver un homme comme vous qui veuille bien condescendre à nous plaindre un peu!

Excessivement flatté, il se rengorgeait.

— C'est que je suis avocat, voyez-vous!

Elle joignit les doigts et soupira :

— Comme la femme d'un avocat doit être heureuse!

Il demanda doucement :

— Voulez-vous être la mienne?

Mais Mlle Petite Cascade ne répondit pas. Cachant son joli visage entre ses mains, elle sanglotait à perdre haleine; et de grands sursauts de douleur la secouaient des pieds à la tête.

Très ému, il reprit :

— Qu'avez-vous donc, Takiko?

Et il essayait de la consoler. Il lui promettait de la rendre bien heureuse et de bien l'aimer.

Mais elle sanglotait de plus belle :

— Hélas! finit-elle par s'écrier, il ne dépend plus de moi d'être votre femme.

D'une voix entrecoupée, elle ajouta :

— Je suis à vendre... à vendre, comme toutes!...

Et, d'un grand geste désespéré, elle désignait la ville immense et les campagnes lointaines et les collines perdues dans la brume.

Mlle Petite Cascade exagérait : elle n'était pas à vendre. Est-ce qu'on vend les femmes dans un pays civilisé? L'on se contente d'en tirer des bénéfices pécuniaires. Mais les vendre!... Otogiro, en bon juriste, ne put s'empêcher de faire observer à Mlle Petite Cascade qu'elle ignorait la loi qui proscrivait la vente des femmes.

Elle se tourna vers lui et avec tristesse :

— Vous dites qu'on ne vend pas les femmes; mais elles sont données partout en gages par leurs propriétaires; ils empruntent sur leur beauté ou leur travail; et la loi autorise et protège ces emprunts. Aussi bien dans les usines que dans les maisons de thé, les femmes ne sont-elles pas des esclaves, puisqu'elles n'ont pas la liberté de s'en aller avant d'avoir acquitté la somme prévue dans le contrat accepté par leurs parents? Ah! c'est une jolie hypocrisie que votre loi! On ne vend pas les femmes, mais on engage leur liberté et leur honneur pour de l'argent!

Otogiro l'écoutait en fronçant les sourcils; il respectait la loi et, pourvu que la forme en fût pure, il n'entendait pas qu'on en discutât le fond.

— En tout cas, vous êtes libre personnellement! fit-il remarquer.

— Non, fit-elle, je ne suis pas libre. Je suis à vendre, vous dis-je, à vendre.

Et comme il faisait un geste de doute :

— Mon père ne permettra pas à un homme de m'épouser s'il ne lui paye pas une certaine somme; et, d'autre part, si mon père trouve la somme avantageuse, il permettra à n'importe qui de me prendre pour femme! Et vous ne trouvez pas que je suis à vendre!

Malgré lui, Otogiro fut frappé par la logique de ce raisonnement.

— D'ailleurs, continuait-elle, si vous voulez vraiment me prendre pour votre femme, vous en ferez l'expérience; vous serez obligé de m'acheter.

Il eut un nouveau sursaut :

— Vous ne me ferez pas croire cela!

— Oh! dit-elle avec un triste sourire, je le sais, le mot d'achat ne sera pas prononcé. Vous êtes un galant homme. L'argent que vous remettrez à mon père sera un cadeau, un remerciement pour m'avoir si bien élevée; que sais-je encore! Mais cela n'empêchera pas que vous m'aurez achetée, que je serai votre bien, votre propriété.

Il la regardait, attristé et un peu inquiet. Etait-ce déjà un reproche anticipé?

Elle comprit ce qu'il devait penser et, s'efforçant de sourire :

— Ne croyez pas que je veuille me plaindre, je serais trop heureuse de vous appartenir.

Il protesta avec énergie :

— Je vous assure que, si je vous épouse, je vous traiterai en égale; et...

Elle interrompit :

— Ne me promettez rien; car même si vous vouliez me traiter en égale, vous ne le pourriez pas, du moins en public. Tout ce que je vous demande, c'est un peu de pitié et d'amour. Surtout un peu d'amour... d'amour vrai et sincère.

Touché jusqu'aux larmes, il s'écria :

— Mais je vous aime déjà à la folie; vous êtes tout pour moi, mon sang, mon cœur, ma vie! Pour un regard de vous, j'affronterais n'importe quel péril; et pour une larme, j'aimerais mourir.

Ces paroles d'amour étaient d'une banalité qu'on pourrait qualifier de mondiale; mais, comme il les disait avec un louable enthousiasme, elle sourit d'un air satisfait; et une lueur de joie illumina son pauvre visage, si défait. Elle se pencha vers lui; et, tout bas, d'une voix frémissante, elle murmura : « Je t'aime »; et, résumant ainsi ses sentiments et ses pensées, elle lui donna une leçon d'éloquence et de concision. Ce sont encore les femmes qui s'entendent le mieux à la véritable éloquence!

Lorsqu'ils se furent ainsi mutuellement avoué leur amour, ils ne trouvèrent plus rien à se dire et pendant quelques instants se contentèrent d'échanger des regards embarrassés. Une grosse cloche bouddhique sonnait gravement les heures dans l'enceinte d'un temple sacré; et l'ombre des futaies se faisait plus épaisse. Autour d'eux, s'étendait une atmosphère de calme et de recueillement; et, dans le parc endormi, régnait un silence majestueux.

Tous deux, serrés l'un contre l'autre, sentaient battre leur cœur d'une même émotion religieuse. Et les heures s'écoulaient, rapides, sans qu'ils osassent troubler par de vains mots l'extase mystérieuse de leurs premières amours.

Cependant la nuit les avait depuis longtemps enveloppés de ses sombres voiles; et déjà, une à une, s'éteignaient les lueurs des maisons lointaines.

A regret, ils se décidèrent à regagner le centre de Tokio; car Mlle Petite Cascade craignait d'être sévèrement réprimandée par son noble père si elle s'attardait trop au dehors.

Lentement, ils s'en furent par la ville immense, à travers les allées sombres du parc désert.

Mlle Petite Cascade murmura :

— Je voudrais que cette nuit soit éternelle et ce parc sans issue.

Alors il la saisit dans ses bras et la serra nerveusement contre lui; puis, affectant de plaisanter :

— Connaissez-vous, dit-il, ce nouveau mot barbare qu'il est à présent de mode de prononcer.

— Lequel? fit-elle ingénument.

Mais il avait déjà joint ses lèvres aux siennes; et, comme elle se pâmait, avidement il baisa ses paupières humides, ses joues rondes et fraîches, son cou délicat, sa gorge palpitante. Et Mlle Petite Cascade soupirait, gémissait et se débattait; mais faiblement.

Quand il fut las de la dévorer de caresses, il reprit :

— Alors vous ne connaissez pas ce mot barbare?...

— Oh! si, dit-elle, Kissu! C'est le kiss des Anglais!

— Vous savez donc leur langage? demanda-t-il.

— Oui, mon père me l'a fait apprendre.

Et elle ajouta, reprise de tristesse :

— ...Pour augmenter ma valeur marchande!

Il l'embrassa affectueusement :

— Ne pensez pas à ces tristes choses.

— Hélas, répondit-elle, puis-je oublier que je suis Japonaise? Vous venez, il est vrai, de me donner l'illusion de l'amour auquel j'ai tant rêvé. A la mode exotique, vous m'avez tenue dans vos bras; et vous m'avez fait comprendre toute la douceur de ce nouveau mot Kissu, inconnu jadis dans nos îles. Mais ces instants de bonheur sont éphémères! Devant d'autres hommes, vous auriez honte de raconter que votre cœur de Japonais s'est montré faible à l'égard d'une humble jeune fille. J'ai beaucoup lu de livres étrangers : le personnage principal est presque toujours une femme; et les hommes trouvent beau et noble de sacrifier pour elle tous leurs instincts et toutes leurs passions. Mais j'ai lu aussi des livres japonais; l'on n'y parle de la femme que comme d'un oiseau ou d'un papillon; et, si, parfois, l'on vante sa robe, sa coiffure ou sa grâce, l'on passe sous silence son âme et encore plus son cœur. Et le héros d'un roman n'intéresse que par ses coups de sabre et ses exclamations guerrières et jamais par ses baisers et ses plaintes d'amour!

Et, après avoir soupiré, elle ajouta :

— Je regrette d'avoir appris l'anglais. Je n'aurais jamais su que, par delà les mers, existait le paradis des femmes; et, l'ignorant, je n'aurais pas souffert d'en être exclue.

Otogiro l'écoutait en silence. Il ne connaissait que trop la règle respectée, l'usage antique, la loi, presque le dogme sacré pour un Japonais : ne jamais manifester, devant une femme, la moindre émotion! Mais il se demandait, puisqu'on avait depuis quarante ans changé au Japon tant d'usages et de lois, pourquoi l'on n'effacerait pas aussi dans le code de l'amour ce vieil article désagréable et suranné.

Et, pour se consoler de la faiblesse de son caractère, il se disait qu'en aimant une femme à la manière européenne, là encore, il était un innovateur, un homme de progrès!

Il se répétait :

— Nous avons copié les Européens dans leur science de la mort, pourquoi n'adopterions-nous pas leur science de la vie?

Et, pour s'en convaincre pratiquement, il saisit de nouveau Mlle Petite Cascade dans ses bras; et il la couvrit de baisers qu'il essayait de rendre savants. Puis, il lui dit :

— Dès demain, j'irai trouver votre père. Je n'ai pas d'argent, hélas! pour le satisfaire; mais j'espère arriver quand même à l'attendrir... Je vous aime tant!

Tout bas, elle murmura :

— Oh! puissiez-vous réussir.

Puis, s'échappant de ses bras, elle disparut dans l'ombre du bois.

Longtemps, il resta là, en place, à écouter le bruit des petites geltas qui peu à peu s'amoindrissait... Quand il n'entendit plus rien, il porta la main à son cœur; en vérité, il défaillait. Comme il l'aimait!

Chose étrange, il n'osait pas quitter la place où elle venait de lui donner un suprême baiser d'adieu. Cet endroit devenait pour lui comme un sanctuaire où se réfugiait son souvenir ; et il essayait de fixer à tout jamais dans son esprit les plus petits détails du paysage qui l'entourait. Fanatique d'amour, il priait devant l'idole de son rêve ; et rien d'autre au monde n'existait plus.

Soudain, comme il demeurait ainsi plongé dans son extase, un vent violent, précurseur de l'orage, se mit à souffler ; et de gros nuages noirs vinrent obscurcir la clarté de la lune.

L'obscurité se faisait rapide et complète ; bientôt, Otogiro entendit le bruit de la pluie qui peu à peu se rapprochait. Quelques secondes plus tard, ce fut l'ouragan ! Une trombe d'eau s'abattit sur lui.

Comme, en véritable amoureux, il n'avait pas songé à prendre un parapluie, il fut aussitôt trempé des pieds à la tête. Vainement, il essaya de s'abriter contre un tronc d'arbre ; l'eau ruisselait le long de l'écorce, jaillissant en petites gerbes à chaque rugosité.

Néanmoins, il restait là, stoïquement, courbant le dos sous la rafale.

La nuit était si noire qu'il n'y voyait pas à trois pas ; et le vent hurlait à travers les branches des cryptomérias qui craquaient sans cesse. Par instants, un éclair argentait au loin, à travers les branches noires des grands arbres, les vagues déchaînées de la baie. Leur mugissement furieux parvenait jusqu'au parc, l'emplissait d'une désolation suprême.

Ah ! quelle nuit lugubre ! Il semblait à Otogiro que la nature entière se révoltait contre son amour !

N'était-ce pas une folie de demeurer là à essayer de se rappeler au milieu de la tempête la silhouette disparue de la frêle jeune fille !

Et pourtant, il restait ! Il ne faisait attention ni au vent, ni à la pluie, ni à la foudre ; il ne songeait qu'à Elle !

Et les heures s'écoulaient ! Jamais il n'avait autant souffert. Mais cette souffrance, si neuve pour lui, lui était chère ; il sentait ainsi combien il l'aimait.

Aimer ! n'était-ce pas cela qu'il avait tant cherché depuis si longtemps !

Comme il avait mis ses geitas ordinaires des beaux jours, geitas légères et basses, la boue liquide couvrait les chaussettes de toile blanche.

Il ne le remarquait même pas ; ses regards ardents persistaient à chercher de calmes étoiles dans l'encre du ciel orageux.

La mort dans l'âme et les pieds dans la boue, il attendit ainsi jusqu'à ce que les premières lueurs d'un jour livide vinssent mettre un peu de gris dans l'ombre de la futaie.

Alors, une lassitude infinie s'empara de lui. Tout frissonnant, il se décida enfin à regagner son humble demeure. Il jeta un dernier regard ému à l'endroit où il avait tant aimé et tant souffert.

Puis il s'enfuit comme un fou !

V

EN rentrant chez lui, son logis lui parut lugubre : il n'avait rien de gai, d'ailleurs, et suait la misère... Suer, expression vulgaire, et pourtant vraie, en ce sens que les cloisons semblaient transpirer : des gouttes de moisissure les couvraient à cause des tuiles qui manquaient du toit.

Il est rare, quand il pleut dans un logis, qu'un rayon de soleil illumine le cœur de celui qui l'habite. Il faut un poète pour se permettre pareille antithèse.

Otogiro Watanabé n'était qu'avocat. Après avoir, d'un rapide coup d'œil, embrassé la nudité de sa demeure, il constata que les tatamis, usés d'ailleurs jusqu'à la corde, étaient encore un peu plus humides qu'à l'ordinaire. Il s'en plaignit avec amertume à sa vieille servante qui répondit qu'elle les avait pourtant époussetés avec soin, ce qui n'avait d'ailleurs aucun rapport avec leur humidité.

La stupidité de cette vieille femme fit hausser les épaules à son maître infortuné ; mais, comme il lui devait plusieurs mois de gages, il eut la sagesse de se taire et de ne point la mettre à la porte : une autre servante eût probablement été aussi sotte et, de plus, aurait peut-être eu le manque de tact de lui réclamer son dû.

D'un air résigné, il se dirigea vers un petit placard qui contenait tous ses effets, c'est-à-dire un kimono de rechange, deux paires de chaussettes, un éventail, un futton et un petit coussin plat.

Il prit ces objets, puis, retirant son kimono tout mouillé, il s'assit par terre, sur le coussin qu'il plaça le plus près possible du hibashi (1).

Quand il fut à peu près sec, il revêtit son second kimono et songea à déjeuner, d'autant plus qu'il n'avait point mangé la veille ; d'une voix impériale, il commanda son repas.

La servante apporta un demi-bol de riz, qu'elle avait été emprunter chez un voisin, et, après un profond salut, le déposa à ses côtés.

_____

(1) *Sorte de réchaud posé par terre.*

Il avala gloutonnement cette maigre pitance, en s'aidant de belles baguettes d'ivoire, honoraires d'un client généreux. Puis il soupira encore longuement ; il avait encore très faim. Quelle situation ! Non seulement il ne pouvait plus se payer ni poisson cru, ni légumes confits, ni sauce aux petits haricots fermentés, mais il manquait de riz.

Pendant un instant, il en oublia presque son grand amour, tellement il était occupé à réfléchir sur les inconvénients de sa noble profession. Avocat dans un pays comme le Japon, c'était vraiment une gloire trop amère !

Une goutte d'eau lui tomba sur le nez. Agacé, il dit à sa servante :

— Pourquoi n'as-tu pas fait remettre des tuiles ?

Elle eut un grand geste désespéré et montra, comme la veille, ses mains vides.

Il n'insista pas ; et, ayant fait apporter son futton dans le coin le moins humide, il se roula dans ses plis usés pour chercher dans un lourd sommeil l'oubli momentané de sa pénible existence.

Après de cruels cauchemars, il commençait par une chance inespérée à faire un rêve délicieux quand sa servante l'éveilla : c'était l'heure du palais !

Il se frotta les yeux d'un air maussade : était-ce vraiment la peine de s'y rendre ? A quoi bon se fatiguer en vain pour des ingrats qui n'étaient même pas capables de lui envoyer un panier de riz.

Justement, ce jour-là, il devait plaider pour l'agent d'affaires le plus véreux de tout Tokio ; sa cause ne semblait pas défendable ; et, de plus, ses victimes étaient fort intéressantes, braves et honnêtes gens qu'il avait dupés avec cynisme.

Les journaux parlaient depuis huit jours de cette affaire ; et le Tout-Tokio s'était donné rendez-vous au palais pour entendre le jeune maître qui avait assumé la mission si difficile de défendre un pareil bandit.

Otogiro avait soigneusement préparé une de ces habiles plaidoiries qui doivent rendre un avocat célèbre à tout jamais. Il avait trouvé moyen, à propos d'une colossale escroquerie, de parler de tout, de religion, d'art, de sciences et de lettres, de telle sorte qu'il pouvait se flatter que les juges intéressés oublieraient le thème primitif.

Mais, maintenant que l'heure était venue, il se répétait : « A quoi bon ? A quoi bon ? »

S'il ne réussissait pas, c'était une atteinte à sa réputation ; et si son éloquence parvenait à tromper la conscience des juges, c'était en somme leur faire accomplir une mauvaise action.

D'autre part, il avait chaud dans son futton ; et au dehors la pluie et le vent continuaient à faire rage, un temps d'hiver en plein printemps.

Il hésitait donc à se lever : sacrifier la douceur du présent pour un avenir incertain, n'avait-il déjà pas trop commis cette erreur ?

Et puis, son client était une telle canaille ! Après avoir réfléchi quelques instants, il se décida à refermer tranquillement les paupières.

Il arriverait ce qu'il voudrait. Un rêve agréable était vraiment ce qu'il avait encore de mieux à attendre. Et il se rendormit dans cette espérance.

Pour la première fois de sa vie, Otogiro Watanabé venait ainsi lâchement, sous un prétexte futile, de renoncer à la lutte et, aussitôt, la fortune, toujours illogique et immorale, se plut à le favoriser ; il est vrai qu'elle aime les dormeurs !

Comme le jeune maître ronflait à poings fermés et qu'un songe mettait sur ses lèvres un sourire éphémère, il fut soudain réveillé en sursaut par une voix glapissante et affolée.

Ayant péniblement ouvert les yeux, il vit avec surprise, mais sans joie, le frère de son client.

C'était un affreux petit vieillard, grimaçant et éploré, qui se confondait en saluts et en excuses.

Otogiro le regarda avec mauvaise humeur :

— Je me doute, dit-il, de ce qui vous amène. L'affaire de votre frère a été appelée et je n'étais pas là.

— Cher maître, s'écria avec volubilité le petit vieillard, rien n'est encore perdu. L'affaire a été remise à la fin de cet après-midi. Mais le temps presse, je vous en prie, hâtez-vous.

— Me hâter, répondit froidement l'avocat, me hâter, ah ! vous m'en demandez trop.

Et il s'enroula de nouveau dans son futton.

Un dégoût de l'humanité tout entière s'était emparé de lui ; il était fermement décidé à ne plus faire le moindre effort pour prolonger une existence insupportable.

Cependant le visiteur larmoyait :

— Cher maître, songez à mon malheureux frère.

— J'y songe, répliqua paisiblement Otogiro Watanabé, et même sans aucun plaisir.

Et il ferma les yeux pour marquer son intention bien arrêtée de se rendormir.

Les supplications du petit vieillard le laissaient parfaitement insensible ; il éprouvait même une certaine joie à songer à son angoisse. C'était une petite revanche sur ces misérables clients qui le condamnaient à mourir de faim.

Vainement l'autre faisait appel à sa bonté, lui parlait de sa réputation et de son talent. Otogiro répondit :

— J'ai chaud dans mon futton et je m'y trouve fort à l'aise. D'ailleurs, je n'ai pu me mettre sous la dent depuis vingt-quatre heures qu'un demi-bol de riz. Vous devez comprendre que, dans ces conditions, mon estomac craigne le froid du dehors.

Puis, sur un ton railleur :

— Croyez-vous d'autre part que votre frère mérite d'être défendu?

Et, complaisamment, il énumérait ses méfaits.

— Vous m'avouerez qu'il est presque impossible de lui trouver la moindre excuse. Franchement ma conscience se refuse à une pareille responsabilité.

Et, en lui-même, il se répétait : « Le métier d'avocat est le dernier de tous. Je serais vraiment bête de me fatiguer pour aller plaider. Et puis celui que j'ai à défendre est une telle canaille... »

Et il se trouvait une certaine grandeur d'âme à refuser d'être complice d'une iniquité.

Alors, le petit vieillard, désespéré, voyant qu'il ne réussirait à rien par ses bonnes paroles, se décida à user des grands moyens. Avec un soupir de regret, il tira de sa large manche cinq billets de dix yens; et, les tendant à l'avocat :

— Je vois que vous êtes un homme d'une grande intelligence... Vous recevrez encore le double si mon frère est acquitté.

Otogiro eut un large sourire : cinquante yens, c'était du riz pour une année; les cent autres, c'était l'aisance, la joie, l'amour; car les pays de misère ont le privilège de se transformer en paradis, aussitôt qu'on a un peu d'or dans sa poche. Son métier lui apparaissait maintenant comme le plus beau de tous, et sa canaille de client comme le plus honnête homme du monde.

Pourtant, il hésitait encore, retenu par un dernier scrupule de paraître vraiment trop vénal.

Il fit mine de refuser en grand seigneur les cinquante yens; mais le petit vieillard insista, montrant ainsi qu'il avait du tact.

Après s'être fait encore un peu prier pour la forme, Otogiro finit par serrer les cinquante yens dans la manche de son kimono et, se dressant hors de son futon, il s'écria étourdiment :

— Je sens que je redeviens amoureux!

— Amoureux? questionna d'un air inquiet le petit vieillard, vous êtes amoureux?

— Je l'étais hier soir, dit négligemment le jeune homme.

— Ah! ça, grogna le petit vieillard en fronçant les sourcils, rendez-moi mes cinquante yens.

— Et pourquoi donc?

— Ne me dites-vous pas qu'hier soir vous étiez amoureux?

— Parfaitement, j'en conviens.

— Vous conviendrez également qu'un homme qui se laisse aller à une telle faiblesse ne peut se montrer à la hauteur de la moindre situation un peu délicate ou difficile. Rendez-moi donc mon argent.

Otogiro se croisa les bras avec hauteur :

— Vous plaisantez, je pense.

— Nullement, repartit le bonhomme, et j'ajouterai qu'il faudrait être fou pour remettre sa destinée entre les mains d'un homme qui fut amoureux, ne fût-ce qu'un instant.

Otogiro Watanabé fixa sur lui un regard terrible, mais, voyant qu'il était loin d'intimider son adversaire, il se rétracta prudemment :

— J'ai voulu voir, dit-il, si vous étiez un homme de bon sens. Vous venez de me le prouver.

— Alors vous n'avez pas été amoureux? insista le petit vieillard méfiant.

— Ai-je une tête à l'avoir été ou à le devenir?

— On ne sait jamais, reprit l'autre. Les plus grands hommes font les pires bêtises.

Et il restait prêt à réclamer encore son argent. Alors Otogiro, lui tapant sur l'épaule :

— Je parie que c'est vous qui êtes amoureux.

Suffoqué d'indignation, le petit vieillard protesta avec véhémence :

— Vraiment, cher maître, vous êtes trop cruel. Mon frère et moi, nous sommes peut-être sujets à nous laisser entraîner un peu hors du droit chemin, mais nous avons encore le cœur japonais et nous ne sommes pas tombés si bas.

— Oui, je sais, dit Otogiro avec un sourire. La femme est très bas, plus bas que la terre.

Il se tut un instant, comme gêné par un pénible souvenir, puis à brûle-pourpoint :

— Mais nous aurons le temps d'en reparler plus tard. L'heure presse : votre honoré frère ne nous pardonnerait pas de prolonger son supplice sous le fallacieux prétexte de discuter sur l'amour.

Et il l'entraîna vivement au dehors pour couper court à cette périlleuse conversation.

Il venait d'ailleurs d'avoir la preuve qu'au Japon, même dans le monde des escarpes et des aigrefins, le fait d'être amoureux était jugé comme indigne d'un homme.

Ah! que l'humanité est donc différente suivant les longitudes!

VI

L'AGENT d'affaires fut acquitté; ce fut un beau succès pour le barreau et un effroyable scandale pour la société moyenne qui n'était pas encore assez civilisée pour apprécier paisiblement le triomphe de l'éloquence.

Otogiro, après s'être dérobé avec peine aux félicitations de ses confrères, eut la douce joie de recevoir les cent yens promis par son client.

Tout remords superflu s'évanouissait en lui. Quand il se retrouva seul dans la rue, ses beaux billets en poche, il songea à terminer gaiement cette délicieuse journée. Il se sentait frais et dispos, l'âme légère et le cœur joyeux; il se trouvait rajeuni de vingt ans et il avait envie de gambader comme un collégien.

Soudain, l'idée d'aller arracher la pauvre Mlle Petite Cascade à sa triste destinée lui revint à l'esprit. Maintenant qu'il possédait un peu d'argent, il réussirait certainement, son éloquence aidant, à attendrir M. Yumoto.

Il pressentait qu'il aurait ce jour-là toutes les chances. Il est ainsi des instants dans la vie où l'on est persuadé que tout vous réussira; et tout vous réussit d'ailleurs, parce qu'on croit au succès. L'enthousiasme et la foi font bien des miracles : sur tous les champs de bataille, l'on n'est battu ou victorieux que parce qu'on croit l'être.

Otogiro était transformé par son succès, par la pensée qu'il n'aurait plus à souffrir de la faim ou des intempéries des saisons.

Et son visage rayonnant lui donnait une certaine séduction.

Instinctivement il s'en rendait compte et il ne doutait pas de son triomphe. Pourtant, pour augmenter ses chances, il résolut de retourner chez lui et de s'habiller de son mieux pour faire plus d'impression sur l'esprit de M. Yumoto.

Il héla donc un kuruma et lui donna l'ordre de le conduire rapidement jusqu'à sa demeure.

Le trajet était long et la chaleur avait repris, accablante comme toujours au printemps. L'infortuné coureur paraissait exténué.

Otogiro regardait machinalement les côtes du kurumaya se soulever violemment sous la peau ruisselante et, gravement, il se disait : « Cet homme a les mêmes droits que moi. Et, s'il arrive à payer suffisamment d'impôts, il pourra même voter. Quel progrès! »

Et le kurumaya pensait, lui : « Mon kuruma pèse toujours le même poids. La route est toujours pleine de poussière et le soleil continue à me cuire quand la pluie ne me transperce pas. Il en était ainsi l'année dernière; il en sera de même l'année prochaine, si toutefois je suis encore de ce monde. »

Et il ne songeait nullement qu'il aurait peut-être un jour la gloire d'être électeur.

Il est vrai qu'il était d'intelligence inférieure.

En arrivant au seuil de sa demeure, Otogiro Watanabé sauta lestement hors de son kuruma et paya le double de la course; car il ne voulait plus voir que des sourires autour de lui.

Le kurumaya fit effectivement une grimace de satisfaction en remerciant avec effusion; puis, brusquement, il se mit à geindre et à cracher ses poumons.

Le jeune maître, sans y prêter attention, s'écria :

— N'est-ce pas que la vie est belle et douce par une pareille journée de printemps?

Le kurumaya ne put répondre, il était en train de suffoquer; mais, poliment, il secoua la tête en signe d'approbation.

Et le jeune maître lui remit encore dix sens de supplément pour lui montrer qu'il savait apprécier ceux qui ne le contredisaient pas.

Dix sens! S'il les avait eus lui-même le matin, il eût pu déjeuner. Mais ces souvenirs désagréables étaient déjà loin; maintenant il avait de l'argent, cent cinquante yens; et cette somme de dix sens ne lui semblait plus rien!

A part un joueur, nul n'est prodigue comme un nouveau riche, ce qui fait généralement qu'il ne le reste pas longtemps.

Mais le jeune maître pensait que désormais il ne manquerait plus jamais de rien! Avec un tel talent, un tel génie!

Son succès l'avait grisé. Et tout en faisant glisser dans ses rainures la porte de son humble logis, il se répétait :

— Quelle époque de progrès tout de même!

Il y croyait de nouveau, le malheureux!

VII

OTOGIRO WATANABÉ était fort affairé : il désirait faire impression sur l'esprit de M. Yumoto, non seulement par l'élégance de sa parole, mais aussi par celle de sa toilette.

Or, en ouvrant le petit placard où il rangeait ses vêtements, il constata que son kimono de cérémonie était lamentable d'aspect. Il l'avait d'ailleurs acheté au rabais; et le noir de l'étoffe avait déteint sur les blasons de sa famille qui, selon l'usage, étaient cousus, deux sur les manches et le troisième en haut du dos. De plus, une maudite souris avait grignoté les pans des longues manches, ce qui était de fâcheux effet.

Consterné, le jeune avocat leva les bras au ciel.

Que faire? Le temps pressait...

Soudain, une idée lui vint. Il avait hérité toute une défroque européenne d'un de ses confrères du barreau qui, nommé député, n'avait jamais réussi à recueillir assez de pots-de-riz pour payer les créanciers qui avaient assuré son élection. De désespoir de ne pouvoir tenir sa parole, cet estimable orateur s'était ouvert le ventre suivant les meilleurs rite du Harakiri : car le Japon est resté un pays d'honneur.

L'héritage de cette noble victime du parlementarisme moderne, enfermé dans une toile verte, formait un petit paquet d'aspect triste, tel le « baluchon » du soldat mort sur le champ de bataille.

Otogiro l'ouvrit avec respect et précaution. Il contenait tout ce qu'un Japonais peut souhaiter pour s'habiller à l'européenne : pantalon de fantaisie à peine élimé d'en bas, gilet blanc légèrement jauni, redingote à revers de soie frippée et luisante aux coudes, faux-cols, plastrons et manchettes en celluloïd; enfin les accessoires : chapeau haut de forme, souliers vernis, cravate et parure de chemise; le tout bossué, craquelé et un peu défraîchi, mais séduisant quand même.

— Que l'habillement d'un barbare est donc compliqué, encore que d'ensemble fâcheux! songea mélancoliquement Otogiro Watanabé.

Et il se mit en devoir de s'habiller.

Il commença par passer ses jambes dans le pantalon. C'était la première fois que tel événement lui arrivait; et il était aussi ému qu'un petit garçon européen qui revêt ses premières culottes. Des cordelettes lui servirent de bretelles.

Puis il mit ses pieds nus dans les bottines vernies à élastiques; il en éprouva quelques douleurs dans les doigts qu'il résolut de supporter héroïquement pour l'amour de Mlle Petite Cascade.

Enfin, il acheva de se vêtir tant bien que mal. Le nœud de cravate lui donna beaucoup de peine; et aussi la manière discrète d'assujettir au moyen d'épingles anglaises ses manchettes à l'étoffe de sa redingote.

Lorsqu'il fut prêt, il coiffa fièrement le chapeau haut de forme qui, un peu large, lui enfonçait jusqu'aux oreilles. Néanmoins, il se jugea fort beau ainsi et tout à fait propre à en imposer à M. Yumoto. Vraiment, son ami avait bien fait de lui léguer ce précieux héritage!

Comme il ne possédait pas de glace pour s'admirer bien complètement des pieds à la tête, il demanda à sa vieille servante ce qu'elle en pensait.

Elle eut un sourire aimable qui découvrit ses dents laquées de noir; et elle déclara qu'elle trouvait son maître aussi gracieux que la lune par les belles nuits d'été. Mais il trouva la comparaison banale, sinon affligeante, et il ne lui donna aucun pourboire.

L'esprit d'économie lui revenait, car il venait de songer qu'il aurait de grandes dépenses à faire, s'il voulait entrer convenablement en ménage : ne devait-il pas faire remettre des tuiles à son toit, et aussi faire l'achat indispensable d'un certain petit paravent, destiné à empêcher les voisins de se scandaliser des ombres que ses futures amours pourraient dessiner sur les carreaux.

C'est pourquoi ce fut encore à pied qu'il se rendit à Tokio; mais, pour arriver à temps, il prit le trot comme un vulgaire kurumaya.

Dans les rues, encombrées à cette heure d'une populace affairée, il fit sensation. Il entendit de pauvres hères se murmurer à l'oreille : « C'est un prince! » Et il en fut flatté, bien qu'ils ajoutassent : « Est-ce après son carrosse qu'il court ainsi? »

Après une bonne heure de pas gymnastique, il arriva enfin dans la rue où habitait M. Yumoto. Alors il ralentit sa course et s'épongea le front avec le petit carré de papier qui lui servait de mouchoir. Le col de celluloïd avait tenu bon : Otogiro Watanabé était resté correct, presque impeccable dans sa tenue. Pourtant, à l'instant décisif, le courage lui manquait : s'il allait ne pas réussir!

Pendant quelques minutes, le pauvre avocat demeura comme figé en place; il lui fallut faire un violent effort sur lui-même pour s'avancer jusqu'à l'étalage du marchand de poissons.

Aussitôt son cœur se mit à battre violemment : il venait d'apercevoir dans l'arrière-boutique sa chère Takiko (1) disposant avec art de petites tranches roses et transparentes de poisson cru, parmi les algues et les herbes marines, sur des plats en faïence blanche ornée de fleurs et d'oiseaux bleus.

A l'entrée, son respectable père, accoudé à un établi, dépiautait de petites anguilles qu'il disséquait ensuite toutes vivantes, après leur avoir délicatement cloué la tête pour les maintenir en place.

Cependant, le moment solennel était arrivé pour Otogiro : tremblant d'émotion, il retira son chapeau haut de forme et le plaça à ses pieds; puis, mettant à plat ses mains sur ses cuisses, il inclina profondément son buste. Au bruit qu'il fit en ravalant sa langue avec un sifflement des plus distingués, il attira l'attention de M. Yumoto qui s'arrêta de disséquer ses petites anguilles et s'inclina plusieurs fois à son tour, plongeant son nez jusque dans ses paniers de poissons.

Un peu rassuré, le jeune avocat se décida à prendre la parole. Après s'être présenté, il prévint M. Yumoto qu'il désirait l'entretenir d'un sujet extrêmement grave :

— S'il en est ainsi, dit poliment M. Yumoto, veuillez me faire l'honneur de pénétrer chez moi.

Et, d'un geste digne, il le convia à entrer.

Otogiro retira sans trop de peine ses bottines vernies à monture élastique et, suivant l'usage, il pénétra pieds nus chez M. Yumoto.

En l'apercevant, Mlle Petite Cascade ne put s'empêcher de retenir un cri d'émotion; et ses joues prirent la teinte d'un abricot mûr.

De son côté, Otogiro Watanabé devint orange.

Et tous deux jetaient des regards inquiets du côté de M. Yumoto qui, fronçant les sourcils, avait l'air de chercher les raisons de cet émoi subit.

Heureusement, M. Yumoto, bien que simple marchand de poissons, se piquait du meilleur savoir-vivre. Affectant de ne s'être aperçu de rien, il pria son hôte de s'asseoir à ses côtés. Lorsque le jeune homme se fut accroupi sur ses talons, il lui fit servir par sa fille la tasse de thé traditionnelle.

Devant cet aimable accueil, Otogiro Watanabé reprenait peu à peu confiance.

Après avoir échangé avec M. Yumoto les compliments de circonstance, il réussit, par une série de transitions remarquables, à amener la conversation sur les femmes. Et il s'étendit sur ce thème, bien que M. Yumoto, malgré toute sa politesse, parut n'y prendre que peu d'intérêt.

Bientôt, à la grande stupéfaction de son hôte, le jeune orateur s'éleva avec beaucoup d'éloquence contre la condition inférieure où elles se trouvaient placées.

M. Yumoto semblait écouter avec bienveillance; mais il avait eu soin d'éloigner sa fille sous un prétexte futile, afin qu'elle n'entendît point des idées aussi subversives.

Le jeune avocat flagellait de son ironie amère les teneurs de maisons de thé, les entremetteurs, les patrons de geishas, tous ces misérables qui faisaient commerce de la beauté féminine; puis, passant aux directeurs d'usine, aux industriels sans scrupules, aux commerçants inhumains, il flétrit la force brutale opprimant la gracieuse faiblesse. Enfin, recherchant la cause de toutes ces vilenies, il conclut que la faute première en était à ces parents dénaturés qui, sous forme légale d'emprunt, vendaient en quelque sorte leur fille au premier venu.

M. Yumoto, malgré tout son désir de rester poli, commençait à s'impatienter.

Au moment où le jeune homme, après avoir parlé des femmes en général, tentait, par une transition périlleuse, de parler de Mlle Petite Cascade en particulier, M. Yumoto l'interrompit brusquement :

— Excusez-moi, monsieur, dit-il froidement, si je prends la liberté, malgré le grand plaisir que j'ai à vous entendre, de vous demander la raison grave qui vous a amené ici. Le temps me presse; et je n'ai plus que quelques minutes à vous accorder. Or, jusqu'à présent, vous n'avez guère parlé que de puérilités, délicieuses, il est vrai... Mais, maintenant que je me suis rendu compte de votre talent incontestable, veuillez avoir l'obligeance d'aborder tout de suite le sujet qui vous amène... J'ai encore deux douzaines de petites anguilles à disséquer.

Légèrement décontenancé, le jeune avocat balbutiait au hasard quelques banalités fort décousues.

Alors, M. Yumoto, qui perdait patience, s'écria :

— Monsieur, je vous en prie, excusez-moi de nouveau; mais permettez-moi de vous dire que je me rends compte des raisons qui vous ont amené ici. Vous voulez sans doute épouser ma fille.

Très troublé, Otogiro inclina simplement la tête.

— S'il en est ainsi, reprit M. Yumoto, la chose est fort simple; et je ne vois pas pourquoi vous vous croyez obligé de développer autant de théories.

— Je voulais vous convaincre, murmura le jeune homme, que, si j'épousais votre fille, je m'efforcerais de la rendre aussi heureuse que possible.

(1) *Petite cascade en japonais.*

— Monsieur, dit M. Yumoto avec mauvaise humeur, puisque vous voulez être mon gendre, expliquez-vous franchement. Nous sommes deux hommes qui causons ensemble.

Et il lui fit comprendre qu'il avait besoin de commandite pour continuer son commerce; et, comme Otogiro lui avouait humblement qu'il ne possédait point de tels capitaux, il déclara :

— En ce cas, monsieur, j'ai le regret de vous refuser ma fille. Croyez que je suis désolé, car cela aurait été un grand honneur pour moi d'avoir pour gendre un homme de votre mérite. Mais le mauvais état de mes affaires ne me permet pas ce luxe.

Puis, se levant, il l'invita ainsi à se retirer, tout en se confondant pour la forme en mille excuses.

Alors Otogiro, résolu à jouer le tout pour le tout, tenta un dernier effort pour attendrir M. Yumoto.

Tout gémissant, il parla de son amour, de ses grands espoirs et de ses angoisses hallucinantes.

Puis il demanda à M. Yumoto d'avoir pitié de lui et de Mlle Petite Cascade; et les larmes roulaient dans ses yeux.

Mais M. Yumoto se contenta de dire avec mépris :

— En vérité, je n'ai pas assez d'intelligence pour suivre tous vos beaux discours; je ne suis, monsieur, qu'un simple marchand de poissons.

Et il s'achemina vers le devant de sa boutique.

Vainement le jeune avocat continuait ses supplications. M. Yumoto ne l'écoutait même plus. Il s'était remis à disséquer ses petites anguilles.

Voyant tout espoir perdu, Otogiro se rechaussa tout en soupirant bien fort; puis il s'en fut à pas lents, voûté comme un vieillard.

Quand le pauvre amoureux eut disparu au coin de la rue, M. Yumoto revint dans son arrière-boutique, et il appela sa fille qui arriva tout éplorée.

— Petite dévergondée, s'écria-t-il, veuillez m'expliquer quel est ce beau parleur qui vient ainsi me faire perdre mon temps à me débiter ses niaiseries.

— Je vous en prie, mon père, murmura timidement Mlle Petite Cascade, calmez votre courroux. J'aime ce jeune homme; et j'en suis aimée.

— En vérité, tonna M. Yumoto, voilà une belle phrase qui ne m'explique rien!

— Ne savez-vous donc pas ce qu'est l'amour?

M. Yumoto se croisa les bras :

— Je ne saurais évidemment vous donner de l'amour une de ces superbes définitions que vous avez apprises dans vos livres anglais.

« Je sais que les étrangers, par folie ou stupidité, se sont plu à travestir la chose la plus simple du monde. Je sais qu'ils excusent les actes les plus déments ou les plus infâmes, commis pour une vulgaire caresse; que leurs poètes, leurs philosophes et même leurs juristes soutiennent à ce sujet les plus absurdes paradoxes. Je sais encore que ces êtres écervelés placent leur honneur en un endroit bizarre du corps de leurs femmes ou de leurs filles; je sais même que, sous prétexte que deux êtres ont commis une petite saleté ensemble, les tribunaux européens leur reconnaissent presque le droit de vie et de mort l'un sur l'autre. Mais moi, votre père, qui suis sain d'esprit et de corps, je vous l'affirme : l'amour est une action physique comme une autre; et un homme sensé n'y doit guère attacher plus d'importance qu'à celle de se moucher. Et je n'admets pas que, sous ce prétexte fallacieux, un avocat vienne me traiter de père dénaturé; et surtout essayer par ses grands discours d'acquérir ma fille sans me rembourser ses frais d'éducation. Certes, voilà une belle comédie! Et vous pensez sans doute, ma fille, que votre père est tombé en enfance pour se laisser escroquer de la sorte. »

Et M. Yumoto, furieux à l'idée que ce jeune homme avait essayé de l'escroquer, crispait rageusement ses doigts de pied sur les tatamis.

Terrifiée, Mlle Petite Cascade n'osait plus ouvrir la bouche. Par un reste d'orgueil, elle ne voulait pas pleurer devant son père; mais de gros sanglots, mal contenus, la secouaient tout entière!

Tout éplorée, elle se retira dans sa chambrette. Elle fit glisser dans leurs rainures les légers panneaux de papier et déploya deux paravents autour d'elle. Certaine d'être ainsi à l'abri de tous les regards indiscrets, elle s'accroupit devant une tablette, prenant son pinceau, elle se mit en devoir d'écrire une longue lettre d'amour et d'adieu à son bien-aimé.

Ah! comme elle aurait voulu s'échapper de ce grand Tokio si laid et si vulgaire, et s'en aller, appuyée sur le cœur de son amoureux, rejoindre les autres couples sous les cerisiers en fleurs!

Vraiment, elle n'avait pas le courage de l'écrire, cette lettre où elle disait à son cher Otogiro que tout était fini, bien fini.

Et ses larmes brûlantes, coulant lentement le long de ses joues, venaient une à une brouiller les caractères chinois par lesquels elle exprimait savamment sa douleur. Qu'écrivait-elle donc? Elle ne le savait même plus; maintenant, folle de désespoir, elle sanglotait éperdument.

Abandonnant son pinceau, elle couvrit sa jolie figure de l'ample manche de son kimono, tel un oiseau blessé cache sa tête sous son aile.

Soudain, trois petits coups secs, frappés contre les panneaux de papier, la firent tressauter. Qui pouvait être là? Elle se releva rapidement et se hâta de cacher la lettre d'amour; puis, tout émue, elle fit glisser un panneau dans ses rainures.

Aussitôt elle poussa un cri de joie : c'était une de ses amies d'enfance, Mlle Fleur d'Iris, éblouissante de jeunesse et de grâce.

— Ma chérie, oh! ma chérie, s'écria Mlle Petite Cascade en serrant contre elle la jolie visiteuse, comme je suis contente de te voir!

Et, fébrilement, elle l'embrassa; car ces deux petits « bas jaunes » dédaignaient les vieux saluts japonais d'autrefois.

Puis Mlle Petite Cascade murmura :

— Je ne t'ai pas vue depuis bien longtemps... Tu reviens au moment où j'ai le cœur brisé... C'est un génie bienfaisant qui te ramène.

— Ma pauvre Takiko, dit doucement Mlle Fleur d'Iris, que t'est-il donc arrivé?

— Je te raconterai cela tout à l'heure; mais toi-même, qu'es-tu devenue? J'ai si souvent pensé à toi, et je te plaignais tant.

— Oh! interrompit Mlle Fleur d'Iris avec un sourire énigmatique, je ne suis pas si à plaindre.

— Mais n'habites-tu pas avec un étranger?

— Si, mais je me suis faite à cette existence.

— Tu es philosophe!... Moi, je ne le suis guère. Je trouve que les étrangers sont horribles. Voyons, toi qui les vois constamment, dis-moi bien, bien franchement, ce que tu en penses?...

Mlle Fleur d'Iris hésita quelques instants :

— Pourquoi cette question?

— Je te le dirai après.

— Eh bien, ma chérie, évidemment les étrangers sont loin d'être beaux. Beaucoup ont les yeux bleus et les cheveux jaunes, comme tu le sais. Ces couleurs anormales sont fort désagréables à contempler. J'aimerais presque mieux les monstres qui gardent l'entrée des temples.

— C'est aussi mon avis, mais continue. En as-tu vu d'autres plus affreux encore?

— Oui, quelques-uns ont des yeux glauques et des cheveux rouges, quelle horreur!

Mlle Fleur d'Iris se tut un instant, émue par une telle évocation, puis elle reprit :

— As-tu remarqué que tous les étrangers ont le visage déformé par des saillies ou des creux abominables? Si leur nez ressort comme un bec d'oiseau de proie, en revanche leurs yeux sont caverneux comme ceux des fantômes.

— Peut-on avoir des têtes pareilles!

— Et ceux qui n'ont pas de cheveux, et dont le crâne reluit comme une boule!

— Oh! ça doit être rare.

— Tout ce qu'il y a de plus fréquent, ma chérie. En Europe, les jeunes gens, à trente ans, sont très souvent plus chauves que nos centenaires.

Cependant Mlle Petite Cascade avait fait asseoir son amie auprès d'elle et lui avait offert une jolie petite pipe. Puis, approchant d'elle sa commode de poupée dont un tiroir était rempli de tabac blond et léger, elle l'invita à fumer.

Mlle Fleur d'Iris remplit sa pipe d'une pincée de tabac, l'alluma et tira deux bouffées; puis, d'un coup sec, porté sur le rebord d'un bambou creusé en forme de pot, elle vida les cendres.

Mlle Petite Cascade, qui avait rempli d'eau bouillante une théière, offrit une tasse à son amie; et, pensant toujours à ces maudits étrangers :

— Prennent-ils du thé, au moins?

— Oui, parfois, mais de quelle manière! Figure-toi qu'ils font leur thé avec de vieilles feuilles desséchées, plus ou moins propres; car on leur revend souvent le résidu des tasses des Chinois.

— Quelle saleté!

— Et si tu les voyais manger de la viande presque crue, rouge et saignante, et la broyer avec leurs grandes dents comme des carnassiers, ajouta Mlle Fleur d'Iris.

— Et ils sont sales, s'écria-t-elle; les plus propres prennent à peine deux bains par semaine; et ils sentent mauvais; et ils gardent sur eux, dans des carrés de toile, les saletés de leur nez; et ils fument un gros tabac qui empeste; et ils boivent un tas d'horreurs qui les rendent encore plus méchants et plus grossiers; et ils sont brutaux dans leurs gestes, quoique faibles de caractère; et ils ronflent; et ils ont de gros ventres; et ils sont tout velus; et ils...

— Ah! je t'en prie, ma chérie, interrompit Mlle Petite Cascade, songe que mon père a la délicate attention de me vendre à un de ces barbares.

— Je te demande bien pardon, dit Mlle Fleur d'Iris, tu ne me l'avais pas dit.

Pendant quelques instants, les deux amies n'osèrent plus rien se dire.

Enfin, Mlle Fleur d'Iris, enlaçant la taille de Mlle Petite Cascade, l'attira doucement vers elle :

— Ma petite amie, murmura-t-elle, conte-moi tes peines.

Très ému, Mlle Petite Cascade, d'une voix faible, entrecoupée de hoquets, conta sa triste aventure; et son grand amour pour Otogiro Watanabé; et ses beaux rêves à jamais perdus!

— Comme tu sais aimer, toi!

Mlle Petite Cascade demanda :

— Tu n'as donc jamais aimé?

— Oh! si, murmura Mlle Fleur d'Iris, mais pas de la même manière.

Mlle Petite Cascade s'écria :

— Existe-t-il donc plusieurs façons d'aimer?

— Certainement, ma chérie. Ainsi, toi, dès que tu as vu Otogiro, tu me dis que tu as senti ton cœur battre violemment. Mais moi, c'est peu à peu que j'ai senti l'amour s'emparer de mon être.

— Qui donc as-tu aimé?

— Ce n'est pas la peine de mettre au passé, dit en souriant Mlle Fleur d'Iris, j'aime aujourd'hui, et j'aimerai peut-être encore plus demain, si toutefois je peux aimer davantage.

— Mais qui?

— Devine.

— Je ne sais pas, il y a si longtemps que je ne t'ai vue.

— Eh bien! c'est l'étranger avec lequel je vis.

— Un étranger!... tu aimes un étranger!... répéta Mlle Petite Cascade stupéfaite. Après toutes les horreurs que tu m'a débitées sur leur compte!...

— Oh! s'écria Mlle Fleur d'Iris, mon étranger n'est pas comme les autres. Il ressemble à un Japonais et chante en parlant... Et il est si aimable, si doux, si prévenant...

De plus en plus étonnée, Mlle Petite Cascade demanda :

— Mais enfin, dis-moi au moins quel est cet étranger, de quel pays il est?

— Il est de Marseille et s'appelle Numa.

Puis elle ajouta :

— Tu sais, ma chérie, si jamais tu as un ennui, tu n'as qu'à t'adresser à moi. Numa aime tout ce que j'aime!...

Mlle Petite Cascade s'était mise à réfléchir.

— Que me conseilles-tu? demanda-t-elle.

— Je n'ai pas de conseils à te donner; je suis si peu Japonaise maintenant. Je ne pourrais que te dire une chose : suis ton cœur; obéis-lui.

— Et s'il se révolte, s'il me commande de m'enfuir pour ne pas subir la loi infâme de l'étranger?

— En ce cas, ma chérie, songe que ma maison pourra te servir de refuge. Numa est si bon, Numa est si généreux, Numa est si charmant...

Et, après avoir encore fait l'éloge de Numa pendant quelques instants, Mlle Fleur d'Iris se retira.

Restée seule, l'infortunée Mlle Petite Cascade se remit à réfléchir : sans doute elle était heureuse d'avoir appris que l'ami de Mlle Fleur d'Iris était charmant; d'abord, parce qu'elle avait bon cœur, et ensuite parce qu'elle conservait ainsi une lueur d'espérance.

Peut-être, elle aussi, aurait-elle de la chance et serait-elle présentée à un autre Numa.

Mais, en s'accordant même cette chance extraordinaire, Mlle Petite Cascade se jugeait encore profondément à plaindre : n'aimait-elle pas Otogiro?

Du moment qu'elle ne pouvait se donner à lui, à lui seul, qu'importait?

Et Mlle Petite Cascade recommença à sangloter.

Or, comme elle exhalait sa douleur par des soupirs déchirants, elle s'entendit soudain interpeller par la voix courroucée de M. Yumoto :

— Fille ingrate et dénaturée, mugissait-il, c'est ainsi que vous prenez plaisir à vous enlaidir pour causer ma ruine. Regardez-vous dans votre miroir : voyez vos yeux rougis, vos traits boursouflés, votre nez gonflé; voyez cette mine lamentable et stupide telle qu'en ont mes poissons quand je les découpe en petites tranches.

« Or, d'ici cinq minutes, je dois vous montrer à M. Takata qui a la bonté de bien vouloir vous présenter à un étranger. Ne vais-je pas avoir l'air de me moquer de lui?... »

Et M. Yumoto se mit à s'éventer fébrilement, car il attrapait fort chaud à se mettre ainsi en colère.

Tout effrayée, Mlle Petite Cascade, accroupie sur ses talons, essayait de remettre un peu d'ordre dans sa coiffure, afin de calmer son père.

Mais M. Yumoto hurlait :

— C'est inutile, vous n'aurez jamais le temps.

Soudain, il sursauta : dans son arrière-boutique, Takata l'appelait à haute voix.

— Vraiment, je n'ose le faire entrer ici, grogna Yumoto, n'osant répondre aux appels de Takata.

Enfin il se décida à aller le trouver :

— Monsieur, lui dit-il après l'avoir poliment salué, vous me voyez tout confus. Il m'est impossible de vous montrer ma fille en ce moment, car je craindrais d'affliger vos regards.

Takata s'écria :

— Mlle Petite Cascade, étant votre fille, ne peut être que charmante en toutes occasions.

— Ah! monsieur! soupira M. Yumoto. En ce moment, ma fille est vraiment laide à faire peur; car elle vient de pleurer et de se livrer à mille inconvenances.

— Mlle Petite Cascade, demanda Takata, serait-elle hantée de l'esprit d'un renard?

— Hé non, malheureusement; car il me resterait la ressource de la faire exorciser par les moines du temple de Nichiren... le cas est bien plus grave... elle est ensorcelée par un être encore plus diabolique..., en un mot, elle aime!

— Et qui donc? interrogea Takata.

— Qui elle aime?... Mais simplement un affreux avocaillon qui lui a tourné la tête.

Et l'air désespéré, il se mit à se promener de long en large dans son arrière-boutique.

Cependant Takata insistait pour voir Mlle Petite Cascade :

— Je vous assure, protestait-il, depuis que je sers de barnum à ces vilains étrangers, rien ne me choque plus.

Après une longue hésitation, M. Yumoto finit par se décider à appeler sa fille.

Elle apparut toute tremblante encore, décoiffée, les yeux bouffis et son petit nez congestionné par l'abus du mouchoir en papier. Le sourire forcé qu'elle essayait d'esquisser rendait plus lamentable encore l'aspect de son pauvre visage bouleversé.

— Vous voyez, s'écria furieusement M. Yumoto, c'est une véritable caricature!

— Hum, hum! toussota ce bon Takata, évidemment Mlle votre fille a légèrement besoin de se baigner la figure à l'eau fraîche et aussi de mettre un peu d'ordre dans sa chevelure. Mais enfin, d'ici ce soir, tout le mal peut être réparé...

Et, fort aimablement, il indiqua à M. Yumoto l'adresse d'une coiffeuse experte qui se chargerait volontiers de réparer tout ce petit désastre.

VIII

Sur l'ordre impérieux de son père, Mlle Petite Cascade se parait comme pour une fête. Et pourtant son petit cœur était bien douloureux. Déjà elle avait mis de belles chaussettes blanches et entouré sa taille du tablier de flanelle rouge qui tient lieu aux Japonaises de tout linge de dessous. Ainsi, à moitié nue, avant de revêtir le kimono et l'obi de cérémonie, elle s'était accroupie devant son miroir pour se farder suivant l'usage.

Maintenant, résignée, elle attendait la coiffeuse experte que devait lui envoyer M. Takata.

La tête dans ses mains, elle réfléchissait à sa cruelle destinée... Etre sacrifiée ainsi dans toute sa jeunesse et toute sa beauté au caprice d'un étranger, d'un barbare!

Une haine farouche lui venait contre son père, contre sa famille, contre la société tout entière!

Mais à quoi bon se révolter? Elle savait que, sous l'hypocrisie des lois modernes, la femme restait l'esclave antique.

Cependant, la coiffeuse venait d'apparaître, portant sous son bras un petit ballot qui contenait ses instruments de travail.

Mlle Petite Cascade eut un geste las et lui fit signe qu'elle se remettait entre ses mains.

La coiffeuse parut étonnée : elle était habile en son art et, généralement, sa venue était accueillie par ses jolies clientes avec des transports de joie.

Pourtant, elle ne laissa rien paraître de sa surprise et, s'étant agenouillée à côté de Mlle Petite Cascade, elle se mit en devoir de la coiffer.

Quand elle eut terminé un savant échafaudage sur la tête de sa cliente, la coiffeuse demanda avec un sourire gracieux :

— Mademoiselle est-elle satisfaite?

Mais Mlle Petite Cascade ne répondit rien.

Vexée dans son amour-propre, la coiffeuse insista :

— Auriez-vous quelque reproche à m'adresser?

— Nullement, finit par répondre Mlle Petite Cascade, mais je souhaiterais en ce moment être la plus laide des femmes.

— Ce souhait est tellement étrange, s'écria la coiffeuse, que je ne peux résister au désir d'en savoir la cause.

— Ah! gémit Mlle Petite Cascade, apprenez donc que je suis une victime qu'on va traîner tout à l'heure au sacrifice.

— Au sacrifice?... N'exagérez-vous pas un peu? Evidemment, vous devez vous servir d'une grande image pour traduire une petite déception amoureuse. Mais permettez-moi de vous faire remarquer qu'il ne faut rien dramatiser. Vous pouvez je le conçois redouter une sensation désagréable; mais, si pénible soit-elle, croyez que vous souffrirez beaucoup moins que pour vous faire arracher une dent.

— Ah! ne plaisantez pas, je souffre parce que j'aime; et j'aime puisque je souffre.

— Cette phrase est très belle, dit malicieusement la coiffeuse; permettez-moi de réfléchir un peu pour bien en goûter tout le charme.

— Trop aimable, dit d'un ton sec Mlle Petite Cascade.

Et elle se leva avec mauvaise humeur.

Cependant, la coiffeuse avait tiré de la large manche de son kimono une pochette remplie de petites pinces et de rasoirs de poupée.

Après avoir étalé sur un coussin ces délicats instruments, elle s'adressa à Mlle Petite Cascade pour lui faire remarquer que sa toilette était loin d'être terminée. Il restait, en effet, à raser les poils du nez et des oreilles et à rectifier la ligne des sourcils; car Mlle Petite Cascade, comme toutes les Japonaises, avait les yeux à fleur de tête, sans ce relief désagréable des arcades sourcilières qu'aiment tant les barbares.

Et la coiffeuse invitait Mlle Petite Cascade à s'accroupir de nouveau près d'elle.

Mais Mlle Petite Cascade s'inquiétait fort peu du discours de la bonne femme. Elle finit par dire :

— Ah! laissez-moi, je vous prie; quel intérêt puis-je trouver à être plus ou moins séduisante?

Et, à plusieurs reprises, elle répéta :

— Je suis une victime.

— Je veux bien l'admettre, dit paisiblement la coiffeuse; mais je vous assure qu'une victime a toujours avantage à paraître jolie. Personnellement, je devrais être pendue tout à l'heure que je n'en négligerais pas pour cela d'accentuer mes charmes.

— Quel intérêt y trouveriez-vous donc? Vous n'en seriez pas moins pendue.

— Évidemment, mais j'aimerais autant qu'on dise après mon exécution : « On a pendu une fort jolie femme, c'est grand dommage! »

— Cela ne vous rendrait pas la vie.

— Je l'avoue, mais une femme doit toujours avoir une certaine coquetterie; c'est sa gloire, à elle! Et il doit lui déplaire de laisser d'elle un vilain souvenir, même à son bourreau.

IX

L'HEURE du sacrifice était arrivée : accroupie sur un coussin de soie, dans une pose hiératique, Mlle Petite Cascade gardait l'immobilité d'une idole bouddhique.

Asiatique lointaine, elle attendait le barbare qui s'imaginait pouvoir lire dans son âme et pénétrer dans son cœur!

Cependant, Takata, qui avait précédé le bourreau, tournait autour d'elle, en fin connaisseur qui détaille un bibelot, et il souriait complaisamment en songeant au succès presque certain de l'affaire... de son affaire!

Après avoir rajusté une des grandes épingles qui ornaient la chevelure merveilleuse de Mlle Petite Cascade, il sortit de sa poche une boîte à fards et, d'une seule touche, il posa sous la lèvre inférieure cette petite tache, couleur de sang, qui donne une expression captivante, à la fois cruelle et voluptueuse, aux savantes courtisanes du Japon.

Mlle Petite Cascade ne protesta pas et demeura impassible : elle était résolue à n'être plus qu'un corps sans âme, à ne plus réfléchir, à ne plus vivre.

Tout à coup, Takata tressaillit et se précipita vers l'entrée.

Un pas lourd venait de faire trembler les légères cloisons; et une voix puissante faisait vibrer les carreaux de papier.

Après quelques instants d'attente, un panneau glissa dans sa charnière et deux matrones, trottinant à pas menus, vinrent annoncer l'arrivée de l'étranger.

Soudain il apparut, énorme et formidable, drapant sa carrure épaisse dans un kimono de lutteur. Sur le seuil, il s'arrêta pour renifler : ses gros yeux s'ouvrirent tout ronds; et les muscles de ses mâchoires proéminentes se mirent à tressaillir.

« Songe-t-il donc à m'avaler? » pensa Mlle Petite Cascade, fort troublée.

Cependant le monstre s'était arrêté à quelques pas, et il essayait de faire des grâces, saluant, souriant, hérissant ses moustaches, ce qui achevait de le rendre épouvantable.

Malgré son sérieux naturel, Takata avait beaucoup de peine à s'empêcher de rire.

Mais Mlle Petite Cascade avait grande envie de pleurer; pourtant, comme elle était bien élevée, elle sourit suivant la règle, quand Takata commença les présentations. Et ce sourire avait quelque chose de triste et de poignant comme la fleur qu'on jette sur un tombeau.

Mais l'étranger ne s'aperçut de rien.

Très flatté, il s'inclina avec galanterie.

Takata, de cette voix de fausset usitée dans les grandes cérémonies, expliquait :

« Le gentilhomme qui fait à notre pays l'honneur de venir cueillir une de ses plus jolies fleurs... » Une légère pause pour esquisser un sourire à l'adresse de Mlle Petite Cascade; «Ce gentilhomme « hoch wohl geboren » est M. le baron von Bullenbeiszerbrul! »

Et, brusquement, il fit plonger son buste pour saluer ce nom illustre et retentissant.

Cependant, une des vieilles matrones était allée quérir le traditionnel petit coussin et se hâtait de le poser sur les tatamis.

Soudain un gros rire la fit sursauter :

— Hoch! hoch! aboyait dans sa langue harmonieuse le baron von Bullenbeiszerbrul... Hoch! immer die selben kolossalen Stühle!

— Que Son Excellence veuille bien m'excuser, balbutia la vieille matrone, je n'entends pas l'allemand.

— Poor old thing! lui répondit-il; puis il répéta à plusieurs reprises, pour montrer combien il était spirituel :

— Je vous disais que j'admire toujours vos gigantesques sièges.

Et il se remit à rire.

Takata se pencha à l'oreille de Mlle Petite Cascade :

— Faites comme lui; riez le plus fort que vous pourrez! Rien ne flatte un Prussien comme de rire avec lui. »

Et il se mit à prêcher d'exemple en s'écriant :

— Que Son Excellence est donc spirituelle!

Modeste, le baron déclara :

— Je dis parfois de bons mots.

Takata s'esclaffa encore.

Obéissante, Mlle Petite Cascade avait fini par esquisser une petite grimace qui, à la rigueur, pouvait passer pour un rire.

Takata fit aussitôt remarquer au baron :

— Vous voyez; je crois que votre esprit a déjà fait grande impression sur Mlle Petite Cascade.

— J'ai déjà sans doute raison, dit le baron, mais je tiens à lui montrer que je n'ai pas que de l'esprit.

Et, ayant fait placer le petit coussin vis-à-vis de Mlle Petite Cascade, il s'y accroupit, non sans peine.

Manquant sans cesse de perdre l'équilibre, il essayait toutes les positions imaginables; tantôt il croisait ses jambes en tailleur et accrochait ses mains à ses genoux pour ne pas tomber à la renverse; tantôt, au contraire, il s'arc-boutait sur ses bras et étendait ses pieds en avant, ce qui est, au Japon, le comble de la grossièreté.

Mlle Petite Cascade, scandalisée d'avoir presque sous son petit nez les énormes pieds du baron, ne put s'empêcher de dire tout bas en japonais à Takata : « Vous devriez lui faire comprendre qu'il est par trop inconvenant! »

Et aussitôt le baron, qui avait l'oreille beaucoup plus fine que l'esprit, demanda :

— Que murmure Mlle Petite Cascade?

— Elle m'avoue, dit Takata sans se troubler, qu'elle se sent pour vous un penchant incroyable.

— Ah! s'écria le baron, qu'elle le dise donc tout haut!

Et, devenu encore plus rouge que de coutume, il se déplaça en glissant avec son petit coussin, jusqu'à ce qu'il eût mis son gros corps contre le kimono de Mlle Petite Cascade.

Puis, saisissant la petite main tremblante dans sa grosse patte aux doigts courts, il la posa sur l'épais mamelon gauche de sa grasse poitrine.

— Sentez comme bat le cœur de votre bon gros Fritz, dit-il en bégayant comme un petit garçon.

Et, amoureusement, il roulait ses gros yeux bleu faïence entre ses paupières congestionnées.

Très impressionnée, Mlle Petite Cascade baissa la tête : elle défaillait en vérité!

Et, toujours diplomate, Takata félicitait d'un air digne le noble étranger d'avoir fait si rapidement cette conquête foudroyante.

Quand ils sortirent, Takata confia au baron :

— Je crois que cette première entrevue suffira, tellement elle a été décisive. Vous pourriez dès demain aller demander à M. Yumoto la main de sa charmante fille.

Et il insista aimablement :

— Oui... vous faites bien partie d'un peuple de conquérants! Mlle Petite Cascade est absolument subjuguée.

— C'est vrai; je suis irrésistible comme presque tous les Prussiens, déclara modestement le baron; mais je n'y suis pour rien; c'est ma mère qu'il faudrait féliciter.

X

QUAND Mlle Petite Cascade fut rentrée chez son père après cette horrible entrevue, elle courut s'enfermer dans sa chambrette pour y pleurer à son aise.

Vraiment sa destinée était trop atroce! Non seulement on l'empêchait de se marier suivant son cœur; mais on la livrait au plus épouvantable étranger qui eût jamais hanté ses cauchemars!

Un sentiment de révolte s'emparait d'elle! Quelle étrange mentalité que celle de ses compatriotes! Était-ce la peine d'avoir battu sur terre et sur mer une partie de ces affreux barbares? Ainsi, parce qu'ils avaient de l'or dans leurs poches, ces maudits étrangers étaient libres de tout se permettre à l'abri des lois japonaises; ils pouvaient feindre un simulacre de mariage et acheter des jeunes filles comme des bibelots d'art.

Et elle songeait à ce qui s'était passé dans sa famille. Son père n'avait pas hésité, au moment de la guerre, à envoyer ses deux fils se faire tuer en Mandchourie. De son plein gré, il avait donné tout ce qu'il possédait d'économies pour la défense nationale, en maintenant encore il payait sans réclamer les impôts supplémentaires.

Mlle Petite Cascade ne l'en blâmait point. Elle aussi, comme toutes les Japonaises, était une ardente patriote. Mais vraiment devait-elle en supporter toutes les conséquences?

Pourquoi, maintenant, son père essayait-il de réparer sa fortune en la vendant à un barbare? Sa petite âme n'était-elle pas une petite partie de l'âme nationale? Oui, l'homme était devenu l'égal, sinon le supérieur de n'importe quel autre homme. Mais la Japonaise... à part dans quelques milieux officiels!

N'était-elle donc pour rien dans le triomphe de la nation?

En réalité, Mlle Petite Cascade philosophait; or, quand une femme se livre par hasard à ce genre d'exercice, c'est qu'elle est prête à faire un coup de tête auquel elle cherche des excuses.

Mlle Petite Cascade n'eut pas grand'peine à s'en découvrir et une résolution soudaine s'empara de son esprit. Plutôt que d'appartenir à un barbare, elle se donnerait la mort.

Cette idée lui parut tout à fait séduisante.

Cependant, peu à peu, elle s'attendrit sur elle-même, sur sa jeunesse, sur sa beauté, sur son grand amour.

Pourquoi n'irait-elle pas trouver son bien-aimé et le prier de mourir avec elle? Quel joli rêve!... quitter ensemble la vie, enlacés et souriants!... Oui, c'était là la noble révolte... le beau trépas!

Fiévreuse, elle se mit à écouter. Aucun bruit dans la maison; M. Yumoto dormait, la conscience satisfaite.

Alors, doucement, elle fit glisser dans ses rainures la porte de sa chambrette; et, posant avec attention ses pieds sur les tatamis, elle traversa la chambre de son père.

Le cœur lui battait bien fort! Pour arriver à la porte de sortie, il fallait enjamber le futon dans lequel était roulé M. Yumoto. Elle le fit avec des précautions infinies.

Enfin, elle réussit à s'échapper de la maison : une fois dehors, elle se mit à courir comme si elle avait eu toute la police à ses trousses.

Elle se méfiait avec raison de la police, car, à Tokio, les jolies filles ne courent pas les rues pendant la nuit ; il n'existe pas de prostitution individuelle; et une beauté, si elle n'appartient pas à sa famille ou à son mari, appartient toujours à quelqu'un, mais jamais à elle-même.

Heureusement, elle finit par rencontrer un kuruma. Elle s'y glissa rapidement, fit baisser la capote et, se cachant dans une ombre propice, se fit conduire au grand trot dans la banlieue où habitait Otogiro.

Elle descendit à quelque distance de sa maison; car elle craignait l'indiscrétion de son conducteur qui pouvait faire son rapport à la police, et elle attendit qu'il se fût éloigné.

Alors, à pas pressés, elle s'achemina vers la demeure de son amoureux.

Bientôt, dans la nuit brune, elle aperçut une lueur orange. Derrière les carreaux de papier, une lumière restait allumée. Certainement Otogiro veillait. Peut-être avait-il deviné de loin sa pensée? Mlle Petite Cascade se sentait tout émue. Oui, il devait l'attendre... pour mourir!

En vérité, Otogiro Watanabé n'attendait pas Mlle Petite Cascade. Cet espoir lui aurait paru trop audacieux. Mais, plongé dans les plus cruelles pensées, il n'avait pu s'endormir. Il savait que, cette nuit même, sa bien-aimée avait dû être présentée à un étranger.

Comme il souffrait! A lui aussi une pensée de révolte était venue à l'esprit. Mais il avait un cœur d'homme et aussi d'avocat : il songeait trop aux lois publiques qu'il n'eût osé enfreindre!

Il se contenta donc de se lamenter sur l'injustice de la destinée et d'imaginer sans cesse des plaidoiries en faveur de ses amours.

L'avenir lui paraissait sinistre, la vie stupide et l'humanité tout entière féroce et saugrenue.

Soudain, il tressaillit : sur les carreaux de papier, de petits coups étaient frappés par des doigts menus. A cette heure tardive, qui pouvait venir troubler sa méditation?

Intrigué, il fit glisser la porte d'entrée dans ses charnières; et il se trouva face à face avec Mlle Petite Cascade. Elle était là, l'air tragique : se drapant dans son kimono, elle semblait la statue de la douleur. De grosses larmes avaient tracé de longs sillons parmi le fard dont ses joues étaient encore couvertes; enfin, en se frottant les yeux, elle avait allongé le noir de ses paupières et de ses sourcils. En vérité, elle était loin d'être belle ainsi!

Mais Otogiro Watanabé n'en poussa pas moins un grand cri d'amour et d'admiration.

Cependant, elle avait pénétré à l'intérieur et, se jetant dans les bras de son ami, elle s'écria :

— Je suis venue ici pour t'aimer et mourir.

Et elle lui raconta l'horrible entrevue avec le gros baron. Elle lui dit que, dès le lendemain soir, elle devait lui être livrée comme une simple marchandise. Aussi, elle s'était échappée du domicile paternel et était accourue pour recevoir, après un baiser suprême, la mort de la main de son bien-aimé.

Elle parlait sans s'arrêter, fiévreuse et affolée.

Otogiro Watanabé l'écoutait en silence. Quand elle eut fini, il fit remarquer humblement :

— Cette solution est-elle la meilleure?

Car il n'avait pas, comme Mlle Petite Cascade, lu beaucoup de romans étrangers; et il ne comprenait pas la logique de ce qu'elle lui disait.

Cependant, déjà elle demandait :

— Quel genre de suicide allons-nous choisir?

Et elle énumérait les diverses manières dont des amoureux peuvent quitter ce bas monde.

En réalité, elle avait une grande préférence pour l'asphyxie.

— Tu comprends, disait-elle, nous pourrons ainsi demeurer tendrement enlacés, bouche contre bouche, et nous mourrons sans souffrance.

Otogiro la regarda avec beaucoup de calme :

— Hélas! dit-il, ma maison est trop vieille; elle est remplie de courants d'air; il en vient même du toit; car je n'ai pu, depuis longtemps, y faire remettre des tuiles neuves.

— Ceci est bien triste, soupira Mlle Petite Cascade, comment allons-nous faire pour mourir?

— Mon aimée, fit observer le pauvre avocat, nous réfléchirons à ceci plus tard... Nous pourrions toujours, en attendant, commencer par oublier notre infortune.

Et, la prenant dans ses bras, il se mit à la caresser tendrement. Elle se laissait faire, heureuse d'être consolée comme un petit enfant. Par moments, elle s'écriait :

— Si tu savais comme il est laid!... de gros yeux bleus, un teint rouge, une vilaine moustache jaune... et un ventre, oh! quel ventre!...

Et lui, navré, continuait à la bercer doucement.

Cependant, elle ne cessait de se lamenter.

— Oh! comme la mort me semblera douce!

Et elle fronçait les sourcils avec une énergie farouche.

Malgré lui, il admirait son courage, et il se laissait ébranler. Peut-être avait-elle raison!

— Tu verras, disait-elle, je n'aurai pas peur devant la mort.

Comme elle achevait cette phrase, elle poussa un cri d'épouvante et se rejeta en arrière.

Stupéfait, il demanda :

— Mais qu'as-tu donc?

Cependant, retroussant son kimono, elle était montée sur la tablette où étaient rangés les dossiers du jeune avocat; et elle gémissait :

— Oh! l'affreuse bête! Où a-t-elle passé?

Soudain, elle jeta un nouveau cri perçant : au même moment, une petite souris qui trottinait sur les tatamis grimpa le long d'une cloison et alla se réfugier sous le toit.

Éperdue, Mlle Petite Cascade s'écria :

— Mais elle va nous tomber sur la tête!

Et elle était prête à s'enfuir.

Otogiro la contemplait avec stupéfaction.

Comment! Elle affirmait ne pas craindre la mort; et elle avait peur d'une souris!... Il ne put s'empêcher de lui en faire poliment la remarque.

Alors Mlle Petite Cascade le regarda avec de grands yeux douloureux; et, d'une voix émue où perçait un peu de reproche :

— Mon ami, dit-elle, comme vous comprenez mal le cœur des femmes.

Et, tirant un petit poignard de son obi, elle allait certainement se blesser fort dangereusement si Otogiro Watanabé n'eût arrêté son bras.

Mlle Petite Cascade, qui n'aurait pas hésité à se plonger son petit poignard en pleine poitrine, n'eut pas le courage de passer une nuit sous le toit où s'était caché une souris qui pouvait lui tomber sur la tête : elle préférait mourir sans avoir eu la consolation de connaître les joies suprêmes de l'amour. Désolé, Otogiro la suppliait de revenir sur sa décision; mais elle demeurait inébranlable.

Ils s'en furent donc, dans la nuit noire.

Ils marchèrent longtemps, au hasard, sans même réfléchir où ils étaient et où ils allaient.

D'ailleurs, que leur importait?

Dans le silence des rues désertes résonnait tristement le bruit de leurs getas qui claquaient sur le sol dur à chacun de leurs pas.

Au détour d'une ruelle tortueuse, ils aperçurent soudain une grande clarté qui illuminait le ciel. Des sons lointains de shamisen leur étaient apportés par le vent. Ils avancèrent encore, indifférents; bientôt, ils perçurent des rires, des chants, des râles étranges et des soupirs d'amour.

Devant eux, leur barrant le chemin, s'étendait le fossé fangeux qui entoure le quartier de Susaki.

Et, en arrière de ce fossé, se dressaient les hautes maisons de prostitution qui dominaient les misérables cabanes des environs. Ces maisons se découpaient toutes noires dans le ciel rougeâtre. Du côté de la ville, elles n'avaient ni portes, ni fenêtres. C'était comme un grand mur sombre derrière lequel flamboyait le reflet d'une fournaise.

Mlle Petite Cascade tressaillit; elle prit la main d'Otogiro et la posa sur son cœur.

— Mes sœurs d'infortune, dit-elle tristement, sont là, tout près. Elles aussi furent vendues par des parents inhumains.

Et elle se mit à pleurer.

Puis elle ajouta :

— Comment des hommes de cœur peuvent-ils aller chercher de la joie au milieu de si tendres victimes!

Otogiro se taisait, un peu embarrassé. Autrefois, il avait passé quelques nuits dans ce même Susaki; et il n'en conservait pas mauvais souvenir.

Cependant, ils avaient contourné la sombre enceinte et ils se trouvaient maintenant en face de l'entrée. Partout, des lanternes pendues devant des boutiques ouvertes toute la nuit où se vendaient à grand bruit des bibelots, des éventails, des images patriotiques, des estampes obscènes, des bonbons, des crabes et du poisson cru. Et, dans la foule, il y avait de tout aussi : des étudiants maigres à face pâle et des lutteurs, au chignon opulent, balançant leurs fortes épaules; des fonctionnaires chétifs à redingote élimée et des marins trapus; des commerçants cossus et des loqueteux lamentables; des vieillards pétulants et des gosses funèbres; des fous, des idiots, des ivrognes et peut-être quelques artistes!

Des kurumayas arrivaient au grand trot, amenant de nouveaux fêtards.

Escortées prudemment par les valets de leur patron, passaient des geishas qui s'en allaient danser dans les maisons de thé; et des mendiants geignards traînaient leurs infirmités et répandaient leurs poux à travers cette foule tumultueuse.

— Ça! c'est la vie pourtant, déclara Otogiro.

Et, bien que Mlle Petite Cascade haussât les épaules, il lui proposa, puisque quelques heures seulement leur restaient à vivre, de les employer joyeusement.

Elle eut un sursaut d'horreur.

Il n'insista pas trop; mais il fit remarquer qu'en tout cas, après cette longue marche et après tant d'émotions, ils pourraient se reposer un peu et se restaurer légèrement. En vérité, Mlle Petite Cascade se sentait lasse. Elle accepta donc d'entrer quelques instants dans un restaurant.

Ils montèrent au premier étage et s'installèrent sur une terrasse.

Là, assis en face l'un de l'autre, sur de petits coussins, ils commencèrent par vider simplement une modeste bouteille de « lamoné » (1).

Puis ils soupirèrent en se regardant tendrement. Ils étaient calmes et silencieux.

Otogiro Watanabé proposa :

— Une petite coupe de saké bien chaud?

Mlle Petite Cascade n'osa pas protester.

Un garçon habillé à l'européenne leur apporta un flacon de saké plongé dans l'eau bouillante.

Les amoureux échangèrent à plusieurs reprises leurs coupes suivant l'usage. Et ils se sentirent beaucoup mieux, presque gais.

Otogiro Watanabé déclara :

— Avant de mourir, je serais bien aise de goûter une dernière fois à du sachimi.

Mlle Petite Cascade ne voulut pas refuser cette dernière consolation à ce pauvre condamné à mort. Ils finirent par souper; et fort bien.

Otogiro n'en éprouvait aucun remords. Il buvait sec « pour s'étourdir », disait-il.

Au bout d'une heure, oubliant sa mort prochaine, il chantait à gorge déployée.

Attendrie, Mlle Petite Cascade était pelotonnée contre lui. Et maintenant, elle trouvait qu'il était bon de vivre.

L'air frais de la nuit lui caressait délicieusement le visage; une sensation de bien-être l'envahissait; elle se sentait pleine de jeunesse et de force. Pourtant, comme le ciel commençait à blanchir, elle crut devoir rappeler :

— Bientôt, il nous faudra mourir.

Otogiro la regarda avec consternation. Ainsi, il faudrait quitter cette existence qui, pour la première fois, lui paraissait tout à fait agréable.

Il murmura :

— Si nous faisions une dernière petite promenade!

Elle accepta avec un sourire triste, et ils s'en furent, la main dans la main. Malgré eux, la vie les attirait. Avant de se replonger dans l'ombre de Tokio endormi, machinalement, comme attirés par la lumière, ils pénétrèrent dans l'enceinte de Susaki. Le quartier de fête était encore fort animé.

Derrière les grilles des cages d'amour, les prostituées, accroupies sur un seul rang, fumaient noblement leurs petites pipes.

Derrière elles, la cloison était couverte d'ornements somptueux, d'oiseaux de paradis et de dragons monstrueux.

Mlle Petite Cascade, les yeux grands ouverts, contemplait attentivement les belles captives.

— Oh! les jolies robes! répétait-elle sans cesse.

Elle ne songeait plus du tout à discourir sur le triste sort des prostituées.

— Tu vois, dit-elle soudain à Otogiro, je suis certaine que la nouvelle mode, cette année, sera de rétrécir un peu les manches des kimonos.

Il la regarda, stupéfait. Elle se mit à sourire :

— N'est-ce pas que tu serais bien heureux de me voir avec des manches pareilles?

Et elle désignait une des courtisanes.

Otogiro Watanabé hocha la tête.

— Mais puisque nous allons nous tuer...

Elle était redevenue grave, un peu triste.

Le jour se levait; de petits nuages flottaient au ciel où se mouraient les dernières étoiles.

— L'heure est venue, dit-elle.

Ils quittèrent le quartier de Susaki qui, d'ailleurs, se faisait peu à peu désert. Les petites courtisanes avaient quitté leurs cages pour aller enfin se rouler dans leurs futons.

Pauvres fleurs de nuit dont le calice se fermait au premier rayon de soleil!

Mlle Petite Cascade héla un kurumaya et lui donna l'ordre de le conduire au bord d'un des nombreux canaux qui traversent Tokio.

Sans comprendre, Otogiro monta à côté d'elle.

____

(1) *Limonade japonaise.*

Serrés l'un contre l'autre dans le kurumaya, ils se regardaient tristement sans oser se parler.

Quand ils furent au bord du canal, ils congédièrent le kurumaya en lui donnant un bon pourboire; et l'homme-cheval leur souhaita beaucoup de bonheur et une longue vie.

Quand ils furent seuls, Mlle Petite Cascade murmura :

— Tu as compris, n'est-ce pas?

Et, d'un geste tragique, elle désigna l'eau dormante.

Puis, déroulant son obi, elle ajouta :

— Nous allons nous lier et mourir enlacés.

Très grave, Otogiro méditait sa réponse.

Heureusement, il aperçut un chien crevé qui, tout gonflé, flottait sur l'eau, le ventre en l'air.

— Je trouve, dit-il, que l'eau est un peu sale.

Et il montra le cadavre hideux de la bête.

— Oh! mon chéri, quelle horreur! s'écria Mlle Petite Cascade.

Et elle remit son obi.

Otogiro l'aida avec beaucoup de satisfaction à refaire sur son dos le gros nœud bouffant.

Elle reprit :

— Tu as raison; la mer avec ses jolies vagues sera un tombeau beaucoup plus élégant.

Et, toujours la main dans la main, ils se dirigèrent vers le bord de la mer.

Otogiro espérait que sa tendre amie finirait peut-être par se lasser; il arrive parfois, en effet, qu'une femme change d'idée... même au Japon!

Hélas, son espoir était vain!

Arrivée au bord de la mer, Mlle Petite Cascade déclara que l'endroit ne pouvait être mieux choisi.

En vérité, le site était charmant : des arbres en fleurs se reflétaient dans les flots clairs que des mouettes effleuraient du bout de leurs ailes. Des parfums délicieux se mêlaient à l'odeur âcre de la mer; et, de tout cela, naissait une atmosphère exquise de vie, de beauté et de jeunesse.

Otogiro demeurait pensif. Il n'avait pas la moindre envie de quitter ainsi l'existence, juste au moment où il commençait à l'apprécier.

D'une voix grave, il fit observer :

— Évidemment, il est de mode dans vos romans étrangers d'unir dans la mort deux amoureux que le caprice de l'auteur a d'ailleurs séparés souvent bien inutilement. Mais nous sommes au Japon!

— Qu'importe, s'écria Mlle Petite Cascade, l'amour n'obéit-il pas partout aux mêmes lois?

— Hum!... hum!... les lois peuvent différer suivant les peuples et les climats. J'en sais quelque chose; car, dans notre nouveau Code civil où nous avons copié l'Europe, il s'est glissé bien des articles fâcheux.

— Il ne s'agit pas du Code civil, rectifia douloureusement Mlle Petite Cascade.

Et, regardant fièrement son ami :

— Avez-vous peur de la mort?

Il hésita un peu; puis il finit par dire :

— En vérité, je n'hésiterais pas à m'ouvrir le ventre pour un sujet patriotique.

— Et pour moi?

— Pour vous aussi, ma tendre amie, s'il s'agissait de vous sauver. Mais le cas est différent.

— Vous parlez toujours de « cas », comme si vous étiez en présence du tribunal.

Le jeune avocat n'essaya pas de se défendre. Il réfléchissait profondément. Enfin, il s'écria :

— J'en conviens, vous avez raison; je suis prêt à me noyer avec vous. Je vous demande encore simplement dix minutes que vous passerez, sans parler, à réfléchir s'il n'y a pas une autre solution. Vous m'entendez bien... dix minutes sans prononcer un mot! Après, je vous obéis aveuglément.

Et il tira sa montre.

Au bout d'une minute, Mlle Petite Cascade était déjà obligée de faire un grand effort pour rester silencieuse; trois minutes ne s'étaient pas écoulées qu'elle s'écria, frappant de son doigt son petit front :

— Au fait, il me vient une idée. Une de mes amies, Fleur d'Iris, habite tout près d'ici. Elle m'a toujours offert de me prêter assistance quand j'aurais une grave difficulté. Si nous allions lui demander conseil... mais vous me jurez que vous vous rangerez à son avis.

— Je le jure, dit solennellement Otogiro.

Puis il ajouta d'un air timide :

— En attendant, nous pourrions laisser ici les pièces à conviction de notre suicide. Cela pourrait empêcher une enquête fâcheuse de se poursuivre.

Et, généreusement, il lança à la mer son vieux chapeau.

Mlle Petite Cascade ne voulut pas se montrer moins héroïque; elle sacrifia son bel obi et son éventail.

— A marée basse, on les retrouvera, déclara gravement Otogiro Watanabé.

XI

Si le baron mettait quelque peine à se japoniser, en revanche, un autre étranger, Numa Troubadour, grisé par le sourire de sa charmante maîtresse, Mlle Fleur d'Iris, se sentait des débordements de tendresse pour tout ce qui était japonais.

Son admiration prenait des formes lyriques. Dès l'aube, vêtu d'un kimono d'azur, il allait s'accouder à la balustrade d'un belvédère qu'il avait fait construire sur le toit de sa maison pour pouvoir jouir de la vue du Fujiyama.

S'adressant à Mlle Fleur d'Iris, accroupie à ses pieds, il célébrait la montagne glorieuse et son charme lointain. Et Mlle Fleur d'Iris souriait doucement à l'enthousiasme ingénu de ce bon Numa.

Puis, le tirant par la manche, elle l'arrachait, pour le mener au bain qu'il partageait avec elle. Et, dans la grande cuve de bois enfoncée dans le sol, c'étaient des ébats délicieux.

Ah! les bons moments! Numa Troubadour en avait complètement oublié sa Provence. Il se contentait d'en garder l'accent, car il n'était pas tout à fait un ingrat.

Le reste de la journée s'écoulait dans un même enchantement : c'étaient les petits plaisirs innocents, les jeux et les ris où Numa excellait; puis les gamineries d'amoureux; les baisers, échangés entre deux becquées, au-dessus du même bol de riz, dans lequel ils mangeaient avec les mêmes baguettes. Enfin venait la soirée enivrante; la promenade nocturne dans les grands parcs mystérieux; les soupirs sous les arbres en fleurs; et les enlacements au bord des lacs. Soie froufroutante, fleur de lotus, lanternes multicolores, zéphirs du soir et clair de lune, rien ne manquait!

— Ah! pécaïre! quel pays! s'écriait parfois Numa Troubadour en délirant.

Mlle Fleur d'Iris demandait parfois :

— Ton pays ne vaut-il pas celui-ci?

— Ah! soupirait-il, la Provence est bien jolie; mais les fleurs d'Iris y sont moins belles.

Et, gentiment, il posait ses lèvres sur le petit nez de son idole; ce qui la faisait éternuer.

Un soir, Mlle Fleur d'Iris voulut préciser : elle eût aimé garder jalousie à une rivale lointaine.

D'un ton ingénu, elle demanda :

— Comment as-tu pu, Numa, t'arracher aux bras de tes maîtresses?

Et comme il gardait le silence, elle reprit :

— Je me les figure le jour de ton départ, en longues robes de deuil, s'empressant aux jetées pour effeuiller des fleurs devant la barque qui t'emportait.

— A vrai dire, répondit modestement le bon Numa, un peu gêné, il y avait ce jour-là, à Marseille, un grand concours de félibres qui détournait la foule; aussi les femmes vinrent-elles en petit nombre sur les jetées.

— Mais tes maîtresses?

— Elles firent comme les autres; car elles redoutaient un peu de se singulariser.

— Ah!... vraiment! fit Mlle Fleur d'Iris, légèrement désappointée.

Comme ce sujet lui tenait à cœur, elle y revint fréquemment, espérant toujours avoir l'occasion de s'attendrir sur une ancienne rivale. Mais Numa se renfermait dans des phrases ambiguës.

Pourtant, quelquefois, il se risquait à raconter le mauvais goût de quelques Françaises :

— Figure-toi, Fleur d'Iris, s'écriait-il avec pitié, que ces malheureuses me trouvaient laid, parce que je ressemblais à un Japonais!

— Ah! mon amour, répondait Mlle Fleur d'Iris, il faut leur pardonner. Peut-être ces pauvres femmes avaient-elles perdu tout sens de la beauté?

— Il est certain, concluait philosophiquement Numa Troubadour, que tout est relatif.

Et, galamment, il ajoutait :

— Mais il suffit de te plaire.

Or, ce matin-là, comme de coutume, Numa était perché sur son belvédère quand il entendit une voix d'homme qui appelait sa maîtresse par son petit nom.

Pris de jalousie, il se pencha sur la balustrade :

— Té! qu'es-acò? s'écria-t-il.

Mais il se calma vite en apercevant un jeune couple japonais qui avait l'air fort malheureux.

— Ah! les pôvres! murmura-t-il en chantonnant; et il descendit prévenir Fleur d'Iris.

Tous deux vinrent ouvrir aux visiteurs; et aussitôt ce fut une suite de saluts à la mode japonaise. Puis Fleur d'Iris fit les présentations et convia Mlle Petite Cascade et son ami à pénétrer chez elle. Et la conversation s'engagea. Suivant l'usage, elle roula d'abord avec banalité sur des sujets déclarés poétiques. Puis Mlle Petite Cascade se décida à expliquer le sujet de sa visite.

Dès les premiers mots, Fleur d'Iris s'écria :

— Mais tu es folle, ma chérie! tu n'as qu'à demeurer ici, avec ton bien-aimé. Personne ne songera à venir troubler vos amours.

Et, se tournant vers Numa :

— Cher amant, vous permettez, n'est-ce pas?

Numa sourit; il était trop heureux d'avoir l'occasion d'être agréable à sa maîtresse.

Aimablement, il s'adressa à Otogiro :

— Voulez-vous être aussi mon ami, bien que je sois étranger?

Et il lui tendit la main.

Le jeune avocat la serra avec effusion, encore que ce ne fût pas la coutume japonaise; et il resta en contemplation devant l'étranger. Vraiment il était un peu étonné; il avait déjà vu des Français qui ressemblait à des Anglais, à des Italiens, à des Espagnols, et même à des Turcs; mais il n'en connaissait point qui ressemblât aussi étonnamment à un Japonais.

Mlle Petite Cascade faisait la même réflexion. Tout en causant avec Fleur d'Iris, elle ne quittait pas du regard le sympathique Numa.

Certes, Mlle Fleur d'Iris avait raison! Elle n'était pas à plaindre, bien que vivant avec un étranger. C'était certainement le barbare le plus aimable qui se pût trouver : sa face bien plate n'offrait aucun relief désagréable à l'œil; ses yeux allongés brillaient d'un beau noir entre les paupières bridées; et son teint enfin, d'une jolie couleur de citron, s'harmonisait parfaitement avec ses cheveux d'ébène.

On eût juré un Japonais, si ce joli garçon n'eût conservé un certain petit air exotique qui n'était pas sans charme. Mais il était surtout irrésistible quand il parlait; il avait une façon si gentille et si drôle de prononcer le japonais.

— Tu es bien heureuse, n'est-ce pas, demanda à voix basse Mlle Petite Cascade.

— Oh! certes, oui, répondit Mlle Fleur d'Iris.

Et, se tournant vers son cher Numa, elle le regarda avec une expression d'amour infini.

Mlle Petite Cascade, attendrie par cette scène d'amour, détourna la tête pour cacher ses larmes.

Fleur d'Iris s'aperçut du trouble de sa petite amie.

— Qu'as-tu, ma chérie? demanda-t-elle.

Alors, contre tout rire, Mlle Petite Cascade éclata en sanglots; et elle gémissait :

— Je suis si malheureuse, moi; je n'ai pas encore aimé; et je le désire tant...

Fleur d'Iris la regarda, un peu étonnée.

— Mais tu n'as donc pas compris? Cette maison est la tienne, complètement la tienne. Suis-moi, je vais te montrer ta chambre... votre chambre, rectifia-t-elle en regardant Otogiro.

Numa Troubadour eut un bon sourire :

— Les pôvres! Comme ils sont gentils!

Et il se mit à chantonner une vieille marche nuptiale de sa Provence... Au dehors, les cigales du Japon l'accompagnaient galement.

<hr>

TROISIÈME PARTIE

« Et tout n'est qu'illusions! »

I

Pendant cette nuit émouvante où se décidait toute la destinée de Mlle Petite Cascade, M. Yumoto avait dormi fort paisiblement : il avait même fait des rêves délicieux.

Enfin sa fille était établie; et fort bien! Takata lui avait assuré que le baron en était si amoureux qu'il irait jusqu'à l'épouser.

Beau-père d'un baron! Le marchand de poissons avait beau attacher surtout de l'importance à l'argent, il n'en était pas moins flatté.

Il savait bien que son futur gendre s'empresserait de divorcer au bout de quelques mois et considérerait ce mariage japonais comme une comédie sans importance; mais il n'en restait pas moins qu'aux yeux de ses voisins, lui, M. Yumoto, obtiendrait une considération des plus flatteuses.

Il ouvrit sa boutique en chantant; et ce fut d'un air presque aimable qu'il accueillit les pêcheurs qui venaient l'approvisionner de poisson frais. Ces braves gens en furent stupéfaits.

L'un d'eux questionna :

— Un événement heureux, n'est-ce pas, monsieur Yumoto?

Le marchand hocha la tête d'un air entendu; puis, songeant à sa fille, il marmonna :

— Au fait, pourquoi n'est-elle pas encore levée? Quelle petite paresseuse! Se croit-elle déjà baronne?

Et il se dirigea vers la chambre de Mlle Petite Cascade avec l'intention de la secouer vigoureusement.

Il fit glisser une cloison et constata avec étonnement que la chambre était vide.

Le petit matelas, le futton et le makura (1) gisaient pêlemêle dans un coin.

____
(1) *Oreiller en bois laqué.*

— Que signifie ce désordre? grogna M. Yumoto.

Stupéfait, il se mit à appeler sa fille d'une voix tonnante; il ne reçut aucune réponse.

Après avoir parcouru la maison en tous sens, il dut se rendre à l'évidence.

Mlle Petite Cascade avait disparu.

Une colère effroyable s'empara de lui.

La coquine! Sans doute, elle s'était enfuie pour échapper au mariage avec le baron.

Mais, heureusement, il existait à Tokio une police qui saurait ramener la vagabonde.

Désireux d'avoir quelques renseignements, il se mit à fouiller dans la chambre de sa fille.

Il constata avec fureur que Mlle Petite Cascade était partie sans même se donner la peine d'enlever son kimono de cérémonie; ce qui ajoutait encore à sa perte. Puis, s'étant emparé de la petite commode de poupée dont sa fille se servait, il tira fébrilement les tiroirs minuscules... Il n'y découvrit que les objets ordinaires, le tabac léger, la petite pipe, les bâtons de fard, la petite glace et les diverses épingles.

Enragé, il renversait les paravents à coups de poing, lorsqu'il aperçut soudain, épinglée sur l'un d'eux, une lettre à son adresse.

Et il lut ces mots:

« Comme la fleur de cerisier, j'aurai eu une vie éphémère; mais je m'effeuillerai, pure et vierge, dans toute ma beauté! »

— Au diable la poésie! s'écria M. Yumoto courroucé. Que signifie ce galimatias?

Il vint retrouver les pêcheurs et, de fort méchante humeur, il se mit à les invectiver.

— Si encore l'un de vous, coquins, s'écria-t-il, pouvait me donner des nouvelles de ma fille...

A sa stupéfaction, un pêcheur lui répondit:

— Je le peux; j'ai rencontré tout à l'heure Mlle Petite Cascade qui se promenait sur la petite jetée près de laquelle j'amarre mon bateau.

— Ah! bah! Et que faisait-elle?

— Elle paraissait fort mélancolique, ainsi que le jeune homme qui l'accompagnait.

— Que dites-vous? Ma fille avec un jeune homme?

Et M. Yumoto éclata en longues imprécations. La lumière se faisait dans son esprit: Mlle Petite Cascade s'était enfuie avec un amoureux. Et cet infâme ravisseur ne pouvait être que le misérable avocaillon qui était venu récemment l'étourdir et l'irriter de ses propos saugrenus.

A ce moment arriva, tout en larmes, une vieille servante qui avait élevé Mlle Petite Cascade et servait maintenant à écailler les poissons.

— Maître, dit-elle, j'ai une affreuse nouvelle à vous annoncer...

Son émotion était si forte qu'elle éclata en sanglots et ne put continuer.

Agacé, M. Yumoto s'écria:

— De grâce, achevez!

Mais elle n'eut que la force de lui tendre une lettre.

M. Yumoto s'en saisit et lut:

« A la chère Vieille qui m'a élevée:

« Je vais mourir.

« Plutôt que de renoncer à mon amour, je l'emporte dans la tombe.

« Je te remercie de toutes tes bontés. Quand tu verras la lune dans les cieux clairs d'été, songe que peut-être là-haut se sera réfugiée l'âme de

« Mlle PETITE CASCADE. »

Frappé de stupeur, M. Yumoto fut quelque temps sans parler; puis il s'écria:

— Faut-il tout de même que les femmes soient bêtes! Quelles écervelées! La fleur de cerisier par-ci, la lune par-là, les cieux d'été, l'amour, la mort; et patati, et patata... Et voilà comment un honorable commerçant va perdre une fortune!

Il se croisa les bras avec indignation.

— Il est vrai que j'ai eu bien tort de laisser lire à ma fille les livres saugrenus de ces maudits étrangers.

Puis, s'adressant aux pêcheurs:

— Mes amis, je pense que ma fille est en train de se noyer, si elle ne l'est déjà. Ceci me cause une certaine affliction et un énorme dommage. Courez vite à l'endroit où l'un de vous l'a rencontrée tout à l'heure. Sauvez-la, s'il en est encore temps; pratiquez la respiration artificielle si vous retirez son corps de l'eau. Prévenez la police et le poste de secours; demandez le médecin, la voiture d'ambulance... Je ne peux vous accompagner parce que j'ai mes clients à servir et que j'attends de plus une visite importante. Mais je compte sur votre dévouement que je saurai reconnaître.

Et, reprenant tout son calme, il se mit à disséquer ses petites anguilles.

La vieille servante, tout éplorée, voulait accompagner les pêcheurs; mais il la retint.

— Pouvez-vous, lui dit-il, empêcher d'avoir été ce qui a été? Alors?... Vous n'avez qu'à m'aider à la place de ma sotte fille.

II

Monsieur Yumoto était occupé à servir sa clientèle lorsqu'il vit arriver Takata, l'air triomphant. Il leva les bras au ciel et poussa un long soupir.

— Qu'est-il donc arrivé? murmura le brocanteur.

Mais déjà M. Yumoto, laissant à la vieille servante le soin de le remplacer, avait planté de découragement son couteau à dépecer dans le flanc d'un saumon. Puis, prenant Takata par le bras, il l'entraîna à l'intérieur de sa maison.

— Figurez-vous, mon pauvre ami, que mon écervelée d'enfant est partie se noyer?

— Comment! s'écria Takata stupéfait; et vous restez là bien tranquille?

— Que voulez-vous que j'y fasse? J'ai envoyé les pêcheurs; c'est beaucoup plus leur métier que le mien.

— Ah! quelle triste aventure! soupira Takata, vous voilà donc sans fille. Et le baron qui la voulait épouser!

— C'est bien ce qui me navre.

— Vous le seriez encore bien davantage si vous saviez la somme énorme qu'il comptait vous verser en commandite... quatre mille yens!

— Vous dites?

— Quatre mille yens... une fortune pour vous... J'espérais bien que vous m'en seriez reconnaissant.

— Je l'aurais été.

— Vraiment? Que m'auriez-vous versé?

— Au moins le quart, finit par répondre M. Yumoto qui pensait qu'il ne commettait aucune imprudence à se montrer généreux par hypothèse.

— Vous me le jurez? insista M. Takata.

— Sur ce que j'ai de plus sacré.

Alors Takata réfléchit quelques instants; puis sa figure se dérida:

— Eh bien, vous toucherez quand même les quatre mille yens, dont vous me remettrez le quart.

— Pardon, fit observer M. Yumoto qui flairait un piège, ceci est de mauvaise foi. Vous avez sans doute repêché ma fille.

— Nullement. Je continue à la considérer comme noyée.

— Alors? Je ne comprends plus.

Takata se frottait les mains.

— Ne vous fatiguez pas le cerveau. Vous exécuterez simplement ce que je vous dirai de faire. Le baron va venir tout à l'heure vous demander la main de votre fille. Il m'a fait cette confidence en prenant au bar de l'hôtel quelques wisky soda pour se donner du cœur à faire cette sottise... Sans hésiter, vous lui accorderez cette main qui lui est chère.

— Et après?

— Après, vous empocherez les quatre mille yens qu'il vous offrira, j'espère, avec tact.

— Pardon, interrompit M. Yumoto, je ne peux passer pour un voleur.

— Soyez tranquille, affirma Takata, vous continuerez à avoir la réputation du plus honnête homme du monde, du moins aux yeux du baron.

Il s'interrompit un instant:

— J'entends un pas pesant dans la rue. Ce ne peut être que lui... Soyez à la hauteur de la circonstance. D'ailleurs, je veux être présent pour vous être utile à l'occasion et, en tout cas, vous servir d'interprète.

Tous deux revinrent donc sur le devant de la boutique: le baron s'y trouvait déjà, arrêté en contemplation devant une langouste énorme, en attendant de faire sa demande en mariage.

Pour la circonstance, il s'était mis en redingote et souliers vernis.

En l'apercevant, M. Yumoto mit ses mains à plat sur ses cuisses et commença le salut japonais le plus poli qu'on pût imaginer.

Le baron ôta son chapeau et l'agita avec grâce.

Puis il commença:

— C'est sans doute à l'honorable M. Yumoto...

Takata l'interrompit d'un geste discret:

— Inutile, M. Yumoto n'entend que le japonais.

— J'en suis désolé, dit le baron; comment vais-je pouvoir le décider à m'accorder la main de sa fille?

— Évidemment, ce serait un peu difficile si je n'étais pas là. Mais je me ferai une joie de vous servir d'interprète.

Cependant, M. Yumoto, s'inclinant jusqu'à terre, priait son noble visiteur de lui faire l'honneur de pénétrer en sa modeste demeure.

Le baron accepta en remerciant et, s'asseyant sur le rebord de la boutique, entre deux paniers de poissons, se mit en devoir d'enlever ses souliers vernis. Mais, comme à l'ordinaire, son ventre le gênait fort dans cette pénible opération.

Aimablement, M. Yumoto et Takata s'emparèrent chacun d'une bottine et tirèrent dessus jusqu'à ce que les pieds puissants furent enfin dégagés.

Le gros homme se remit alors péniblement sur ses jambes et s'avança sur les tatamis.

M. Yumoto le pria de s'asseoir et lui offrit un petit coussin fort plat suivant l'usage. Mais le baron ne tenait nullement à reprendre encore la position du tailleur. Il s'empara d'un panier et, sans plus de façon, l'ayant retourné, s'assit sur le fond.

Un craquement se fit entendre; le panier faillit s'effondrer; mais les brins d'osier, après s'être tassés, finirent par former un siège à peu près stable.

M. Yumoto songeait que ce baron était fort discourtois : mais l'argent d'un barbare est toujours de l'argent. Il demeura donc impassible.

Après avoir accepté la tasse de thé traditionnelle, le baron, s'adressant à Takata, commença en termes lyriques :

— Faites-le bien comprendre à M. Yumoto : mon cœur est rempli d'une infinie tendresse pour Mlle Petite Cascade qui est « kolossale » de grâce et de beauté...

M. Takata, pince-sans-rire, traduisit :

— Ce barbare commence par débiter quelques incongruités sans importance. Ayez l'air ému et convaincu; remerciez et souriez.

M. Yumoto obéit, et le baron fut extrêmement satisfait de voir admirer son éloquence; pendant plus d'un quart d'heure, il continua à vanter les charmes de Mlle Petite Cascade.

Toujours souriant, M. Yumoto poussait des sifflements de contentement et d'admiration.

Enfin le grand moment arriva : le baron posa ses gros doigts courts sur l'épais mamelon derrière lequel battait son cœur; et il murmura :

— Et maintenant j'ai l'honneur de vous demander la main de Mlle votre fille; je tâcherai d'en être digne.

M. Yumoto prit un air grave; il paraissait ému, très ému... et soudain, sans répondre, s'excusa et retourna vers l'avant de sa boutique : les pêcheurs revenaient!

L'un d'eux portait l'éventail et l'obi tout trempé d'eau de mer de la pauvre petite Mlle Petite Cascade. Un autre brandissait le chapeau melon, réduit à l'état d'éponge, de l'infortuné Otogiro Watanabé.

M. Yumoto gémit :

— Et c'est tout?

— Hélas! soupirèrent les pêcheurs.

Cependant Takata avait rejoint M. Yumoto.

— Mais à quoi pensez-vous de laisser ainsi tout seul le baron von Bullenbeizerbrut?

— Mlle Petite Cascade n'est plus, répondit M. Yumoto en désignant les tristes épaves.

Takata s'empara du chapeau melon, lut les initiales O. W. et conclut :

— Évidemment, elle a dû se noyer avec ce toqué de petit avocat. Ce sont deux imbéciles; mais cela n'a aucune importance... Revenez vite accorder au gros baron ce qu'il vous demande avec tant d'insistance.

— Mais, monsieur! Je n'ai plus de fille...

— La belle affaire, s'écria Takata, je vous en trouverai une toute semblable d'ici ce soir.

— Hum! hum! toussota M. Yumoto.

— Parfaitement!... Permettez-moi d'ajouter qu'elle sera même plutôt mieux. L'important est qu'elle soit coiffée, fardée et attifée de la même manière. Ces barbares confondent une Japonaise avec une autre d'une manière tout à fait réjouissante... Ayez confiance en moi.

A demi rassuré, M. Yumoto rentra.

La scène fut pathétique. Le baron écrasa la main de M. Yumoto dans la sienne pour lui témoigner sa sympathie et lui montrer qu'un Prussien a des muscles supérieurs.

Quand la main de Mlle Petite Cascade lui eut été solennellement accordée, il dit :

— Je serais bien aise de présenter mes hommages à ma chère fiancée.

M. Yumoto prit un air effaré; mais aussitôt Takata, conservant tout son calme, déclara :

— Excellence, nous regrettons vivement, mais Mlle Petite Cascade est actuellement plongée dans un bain.

Le gros baron s'inclina sans insister.

III

N vérité, Takata n'était nullement embarrassé de trouver un sosie de Mlle Petite Cascade.

Quand il existe dans une capitale quatre grands quartiers de prostitution et que chacun d'eux contient plusieurs milliers d'aimables personnes, c'est bien le diable si l'on n'y découvre pas le type de femme qu'on désire!

Après plusieurs visites aux tenanciers, il finit par découvrir une jeune personne qui ressemblait très suffisamment à Mlle Petite Cascade pour qu'un étranger pût s'y méprendre.

Il la paya deux cents yens et la ramena avec lui.

Mlle Dragon d'Or était enchantée de recouvrer ainsi sa liberté et de devenir baronne.

En quelques mots, M. Takata lui fit la leçon. Mlle Dragon d'Or était intelligente : elle comprit vite et fort bien.

Elle retira de son opulente chevelure les longues épingles de courtisane qui rappelaient chacune un amant; et elle passa son après-midi à se coiffer d'une manière plus discrète.

Mlle Dragon d'Or étudia ensuite ses attitudes, ouvrit la bouche d'un air candide et esquissa les gestes effarouchés : elle jouait délicieusement la comédie. Takata était ravi..

Il la présenta à M. Yumoto.

— Ne ressemble-t-elle pas à s'y tromper, dit-il, à feu mademoiselle votre fille?

— A vrai dire, objecta M. Yumoto, elle a l'air moins saugrenu. Mais peut-être le baron von Bullenbeizerbrut n'y prendra pas garde.

Ce fut pourtant avec une certaine émotion qu'il présenta sa nouvelle fille au baron.

Tout se passa pour le mieux :

Mlle Dragon d'Or joua admirablement son rôle de vierge au point que le baron fut ému de tant de candeur.

Pas un instant, il ne se douta de la substitution; et il affirma gravement qu'il ne pouvait se trouver au Japon une autre ingénue aussi charmante.

Tout réjoui, il exprima le désir qu'on vînt aussitôt pendre la crémaillère dans sa nouvelle demeure.

Il avait en effet quitté le Grand Hôtel Impérial et avait loué une petite maison pour y vivre complètement à la japonaise.

Néanmoins il y avait fait placer un lit, une table et quelques chaises, car il en avait assez de s'asseoir, de manger et de dormir sur les tatamis. D'autre part, par une délicate pensée, il avait acheté, dans un bazar mi-européen, des amours en porcelaine rose et bleue, une boîte au couvercle garni de coquillages et une pendule en zinc doré; le tout d'ailleurs « made in Germany ».

Fier d'avoir ainsi orné sa nouvelle demeure, le baron comptait y vivre une véritable idylle.

Takata lui avait affirmé qu'il était devenu le gendre officiel de M. Yumoto et qu'il avait accompli pour lui toutes les formalités nécessaires à un mariage légal, ce qui était d'ailleurs inexact.

Au fond, que sa femme fût légitime ou non, le baron s'en moquait avec assez de bon sens. Du moment que ni la famille, ni la police ne s'opposaient à ses amours, c'est tout ce qu'il demandait.

Le repas de noces fut donc joyeux.

Takata, qui naturellement avait été invité, fut un interprète aimable et gracieux.

Le baron raconta à son beau-père que l'Allemagne était le premier des pays, mais que Mlle Petite Cascade était la plus jolie fille du monde.

M. Yumoto, que ce discours laissait fort indifférent, feignait d'en être tout à fait satisfait.

Dans les goulots des bouteilles vides on mit de petits drapeaux allemands et japonais; et le baron, saisissant par la taille Mlle Dragon d'Or, prophétisa une entente cordiale entre les deux grands peuples.

La fausse Mlle Petite Cascade poussa de petits cris effarouchés, et Takata se pencha vers l'oreille du baron pour lui recommander de ne pas agir d'une manière trop brusque avec une si tendre vierge.

Mais, au lieu de l'écouter, le baron resserra son étreinte. De plaisante, la situation devenait fort pénible pour cette pauvre Mlle Dragon d'Or. Son noble amoureux paraissait perdre la dernière notion de la bienséance.

Il était fort rouge. Ses cheveux, bien que restés fort courts et taillés à l'ordonnance, se redressaient rebelles sur son vaste crâne.

Les muscles de sa mâchoire tressaillaient; et vraiment l'on pouvait croire qu'il était prêt à mordre ou tout au moins à aboyer fort vilainement.

Mlle Dragon d'Or considérait avec un certain effroi ce gros homme congestionné au masque de bouledogue. Néanmoins, pelotonnée sur elle-même, elle ronronnait et conservait toute la grâce d'une chatte, mais d'une chatte sur la défensive.

Soudain, une sorte de hurlement retentit.

— Ach! ach! s'écriait le baron; et il braquait son gros index vers la porte qui venait de s'ouvrir.

Le docteur Schwartz, sa boîte de zinc en bandoulière, se glissait lentement à l'intérieur. Aimablement, il souriait dans sa belle barbe blonde.

En apercevant le couple amoureux, il rougit.

— Vous m'excuserez, dit-il au baron, je ne savais pas vous trouver en si aimable société. A l'hôtel on m'avait donné simplement votre adresse.

— Mais je suis très heureux de vous voir, s'écria le baron. Vous allez boire une coupe de champagne allemand en l'honneur de mon mariage.

— Vous vous mariez!...

— Oui, à la japonaise, dit le baron avec désinvolture; puis, attirant le docteur par le bras, il lui confia à l'oreille : « Une jeune vierge qui m'aime... Je suis irrésistible. »

Au même moment, Mlle Dragon d'Or sortit précipitamment de sa large manche le carré de papier qui lui servait de mouchoir et y cacha son visage... un petit bruit bizarre qui tenait du rire ou de l'éternuement se fit entendre.

Le baron commanda gravement :

— Takata, faites donc glisser la porte dans ses rainures. Mon épouse paraît fort enrhumée!

IV

Le baron ajoutait au livre où il compilait avec une louable ardeur les notes de son calepin, un chapitre fort intéressant sur le cœur de la femme au Japon! Il se défendait modestement de paraître peut-être un peu frivole; mais il saisissait l'occasion de donner un véritable aperçu sur la Japonaise, la plus honnête femme du monde « que ces Français luxurieux n'ont jamais encore dévoilée dans leurs livres immoraux... parce qu'ils ne fréquentent que les sales endroits! »

Dithyrambique, il terminait : « Est-il assez grotesque de parler d'amour quand on n'a pas senti une âme sœur se confondre en la sienne et qu'on n'a connu que de vulgaires prostituées! Heureusement, ce n'est pas mon cas! »

Il trouvait cette fin élégante et peu banale, pleine de précieux et agréables sous-entendus.

Satisfait de son œuvre, il la relut à plusieurs reprises; puis, l'ayant signée majestueusement de son nom en gros caractères, il l'adressa à l'ambassade d'Allemagne, à Tokio; et il pria son Excellence de bien vouloir faire voyager par valise diplomatique, pour être remis à Berlin à un grand éditeur, ce document de haute importance.

Alors, appelant Mlle Dragon d'Or sa mignonne épouse, il lui dit gravement :

— Vous aurez servi à de grandes choses!

En vérité, il avait pour elle un amour fort tendre; et il lui était reconnaissant de lui avoir permis d'étaler sa grosse sentimentalité.

Et il songeait avec attendrissement qu'il avait été le premier amant, celui qu'on n'oublie jamais!

Initier une jeune vierge pudique aux mystères profonds de l'amour; sentir son tendre cœur battre d'émoi; recueillir à la fois ses larmes et son sourire; quelle délicieuse aventure! Ach! Ach!...

Le baron s'en raclait la gorge de satisfaction.

Et il concluait : « Certes, les Allemands ont de grandes qualités que personne ne songe à leur contester. Mais, seuls, les Prussiens possèdent cet esprit supérieur des conquérants; et c'est pourquoi on ne les aime pas... par jalousie!... »

Et réfléchissant, il ajoutait : « Même le docteur Schwartz! Voici encore probablement un envieux! »

Souvent, il disait à Mlle Dragon d'Or :

— Tu sais, il n'y a que nous qui ayons battu les français... tu comprends bien... que nous!

...Et si les Japonais ont battu les Russes, c'est parce qu'ils ont eu des instructeurs allemands!

— Les âmes des ancêtres nous ont aussi peut-être aidés! faisait remarquer humblement Mlle Dragon d'Or.

Le baron haussait les épaules, et, lui faisant tâter sa poitrine et ses biceps :

— La force! Il n'y a que la force.

Résignée, Mlle Dragon d'Or baissait la tête.

Et elle se retirait dans sa chambre; et, se prosternant le front contre la terre devant l'autel ancestral, elle priait avec ferveur les chères âmes de la venger un jour, elle et les autres!

Et, pendant ce temps, le baron demandait :

— Où est passée ma poupée?

En vérité, si Mlle Dragon d'Or n'avait eu l'espoir de voir un jour son gros et puissant seigneur repartir pour son pays, jamais elle n'aurait supporté l'existence.

Le baron s'efforçait pourtant avec une louable persévérance de se montrer aimable et gracieux. Chaque jour c'était un nouveau compliment et un nouveau cadeau.

Parfois Mlle Dragon d'Or recevait un obi qui était riche et somptueux, mais dont la nuance jurait avec le kimono qui l'accompagnait; et les madrigaux avaient aussi des envois fâcheux.

Et puis, le baron, bien qu'il n'eut fait que passer un an dans l'armée, en avait conservé tant de qualités qu'il aurait fallu demeurer très longtemps à la caserne pour en apprécier le mérite.

Il n'oubliait pas qu'il était devenu lieutenant dans la territoriale; et il tenait à honneur que chacun sût qu'il en était digne.

Aussi se plaisait-il à s'imposer des heures fixes pour les moindres détails de son existence.

Mlle Dragon d'Or ne fut pas longue à être initiée à tous les charmes de l'exactitude ponctuelle et des lois sans exception pour les repas, les promenades, la toilette et le bain... et même pour les tendres ébats; ce qui la changeait beaucoup de son existence antérieure de cage d'amour.

Elle montrait d'ailleurs de grandes qualités de maison et tenait parfaitement l'intérieur qui lui était confié; les tatamis étaient tous les jours épousselés avec soin et conservaient bel aspect, encore que le baron rentrât chez lui à la mode des barbares, avec ses souliers, même lorsqu'ils étaient crottés.

Mlle Dragon d'Or en était fort offusquée; mais elle n'en laissait rien paraître.

Elle finissait d'ailleurs très vite par persuader le baron à se mettre en pantoufles. Alors elle respirait plus librement.

Ce qui la choquait aussi extrêmement, était de voir son puissant protecteur engloutir des repas qui auraient pu servir à nourrir dix Japonais.

A ses côtés, elle avait toujours l'air de faire la dînette!

Après le repas, pendant que le baron s'enfonçait dans un grand fauteuil d'importation américaine et fumait à grosses bouffées un énorme cigare, timidement elle venait s'accroupir à ses pieds sur les tatamis et elle remplissait d'une pincée de tabac une pipe minuscule. Et le baron riait à ce contraste. Parfois, plaisir de lourd chevalier, il l'obligeait à tirer une bouffée de son cigare; et la grimace de chat mouillé qu'elle faisait, le remplissait d'aise.

D'ailleurs, plus il la connaissait, plus il éprouvait le désir de lui faire comprendre combien elle lui était sympathique; et il lui donnait de bonnes grosses tapes placées sans élégance sous la magnificence de l'obi.

Parfois aussi, il la prenait sur ses genoux et se mettait à la dorloter, en écrasant contre sa poitrine les belles coques de la chevelure qu'elle avait tant de peine à ajuster.

Tant de marques d'amour affolaient cette pauvre Mlle Dragon d'Or!

Cependant le baron conservait un visage épanoui; il avait le calme d'un gros bouledogue de boucher qui prendrait ses ébats dans un boudoir Louis XV.

V

Tous les dimanches, le baron se levait une heure plus tard que le reste de la semaine parce que, le samedi soir, il s'était endormi également une heure plus tard à cause de ses petites folies, car il était méthodique et régulier jusque dans ses plus tendres plaisirs.

C'était aussi le matin où il se coupait les ongles de pied et nettoyait sa pipe. Il importe d'être ordonné dans son existence!

Il faisait ensuite la même promenade, passant à la même minute au même endroit, ce qui était pour lui une vive satisfaction.

Alors, il rentrait déjeuner. Le menu était le même depuis son enfance; et il avait ainsi une sorte d'attendrissement à manger de la choucroute à la même heure dominicale.

Au dessert, il parlait de la supériorité incontestable de son pays; au café, de celle de sa famille; au « schnick », de la sienne, à lui, Prussien hautement bien né!

Puis il songeait que c'était l'après-midi du dimanche et qu'il fallait donc s'amuser et rire. Il vidait pour commencer quelques bouteilles de bière et poussait quelques ach! pour s'entretenir le gosier.

Puis il intimait Mlle Dragon d'Or; et, joyeusement, entonnait un *Wacht am Rhein* qui faisait trembler les carreaux de papier des voisins.

Enfin, il tirait son chronomètre et sortait exactement à la même heure que les autres dimanches.

Ici, au Japon, il avait pris l'habitude d'aller au théâtre, qui lui plaisait beaucoup, parce qu'on y jouait des pièces interminables qui sentaient la grosse bataille. Commencé vers trois heures de l'après-midi, le tapage guerrier et antique était en plein épanouissement vers la tombée de la nuit, sans qu'il fût encore possible de prévoir un dénouement. Mais ce n'était pas là de quoi rebuter le baron. Pourtant, au vestiaire, où il était obligé de laisser ses souliers avec son parapluie, il poussait toujours le même grognement de protestation, en apprenant que la pièce ne finirait que tard dans la nuit.

Puis il gagnait sa loge, située au premier et unique étage.

Là, il réclamait tous les petits coussins disponibles pour s'en faire une sorte de siège. Puis, lorsqu'il avait pu s'asseoir sur la pile de coussins qu'il avait réquisitionnés, il s'adossait à un pilier, étendait ses jambes et commençait à goûter la douceur du spectacle.

Contraste curieux : au Japon, pays de la politesse raffinée, le théâtre est brutal et férocement réaliste.

Naturellement c'était la seule chose qui plût vraiment au baron. Il s'émerveillait de voir les héros s'ouvrir le ventre.

Le sang qui coulait sur la scène sous forme d'eau rougie, le choc des épées, les ruses des Samouraïs, les Daïmios vengeant leur honneur à grands coups de sabre, les moribonds agonisant pendant plus de cinq minutes, les hurlements des vainqueurs et l'achèvement des blessés, mille autres gentillesses ne laissaient pas d'émouvoir son cœur de chevalier teutonique.

Il se dressait tout debout contre la balustrade; et il applaudissait à outrance, en poussant de retentissants Banzaï!

Un mouvement de curiosité faisait onduler les kimonos des spectateurs serrés les uns contre les autres dans les petites cases du parterre. D'un commun accord, ils levaient la tête; et, apercevant cette face de barbare, ils se poussaient le coude et se chuchotaient à l'oreille : « Ruski, ruski.

Indigné, le baron protestait :

— Vous vous trompez, messieurs, je ne suis pas un Russe; je suis le baron von Bullenbeiszerbrut.

Aussitôt, ironiquement, la foule affectait d'applaudir à la manière européenne.

Très ennuyée, Mlle Dragon d'Or s'efforçait de modérer l'enthousiasme du baron, et, pour le faire rasseoir sur sa pile de petits coussins, elle lui tendait gracieusement sa pipe de poupée.

Et le baron oubliait heureusement le spectacle pour aspirer une bouffée minuscule, au fond de la loge, à quatre pattes devant sa bien-aimée.

Mais, quand l'heure arrivait qu'il s'était fixée, il se levait brusquement, et renonçant, par amour de l'exactitude, à jouir du dénouement, il quittait sa loge, le cerveau assez fatigué.

Puis, offrant son bras à Mlle Dragon d'Or, il sortait du théâtre en saluant le contrôleur d'un petit geste protecteur.

Au dehors, la foule des kurumayas se pressaient autour de lui, mais il repoussait dignement leurs offres; car il avait des principes d'hygiène; et, au sortir d'un spectacle, il faisait toujours un peu de marche pour se décongestionner.

Cette édifiante journée du dimanche se terminait toujours par un plantureux dîner; le baron tenait à honneur de manger encore plus que de coutume.

Enfin, il absorbait six litres de bière et se couchait, le ventre plein et l'esprit vide, après avoir eu soin de relever l'oreiller pour mieux respirer.

Bientôt un ronflement majestueux et bien régulier témoignait du caractère ordonné du baron.

Cependant, Mlle Dragon d'Or essayait vainement de s'assoupir; ce maudit étranger était insupportable. Penchée sur lui, elle le regardait avec une haine farouche! Ah! comme elle aurait aimé se venger; et elle essayait par des signes cabalistiques d'attirer sur le dormeur la colère d'un mauvais génie et le spectre du cauchemar.

Fait remarquable, ce dimanche-là, le baron consentit à modifier légèrement le règlement de son existence. Il accepta d'aller assister à des luttes au lieu de se rendre au théâtre, à condition toutefois que l'heure du spectacle fût la même.

Le généreux Takata avait offert des places de faveur; car il n'avait pas vu depuis longtemps le noble étranger sur lequel il était toujours chargé d'exercer une surveillance discrète; et il lui fallait un prétexte pour rester quelques heures en sa compagnie afin de vérifier si le rapport adressé à la police par Mlle Dragon d'Or était bien exact. Ce rapport se résumait ainsi :

« Incapable de nuire au Japon! Il se croit supérieur ainsi que son pays! »

Takata accordait une certaine intelligence à Mlle Dragon d'Or; mais enfin le contrôle était indispensable.

Il vint donc prendre le café chez le baron en attendant de le conduire aux luttes.

À peine entré, il s'extasia sur le bon goût de son hôte; puis, raffinement de politesse, il s'en fut admirer les amours en porcelaine bleue et rose, la boîte à couvercle de coquillages, et la pendule en zinc doré; et il s'écria avec un louable enthousiasme :

— Ah! comme une maison japonaise gagne à être meublée par un noble étranger!

La conversation vint bientôt sur l'honorable famille dans laquelle le baron croyait être entré :

— Mon beau-père, M. Yumoto, confia-t-il, est d'une discrétion touchante. Je ne l'ai pas revu depuis que j'ai épousé sa charmante fille.

Puis, se penchant à l'oreille de Takata :

— J'ai eu bien de la peine à vaincre la pudeur de cette enfant... Heureusement, j'étais bel homme !

Takata répondit en souriant :

— En tout cas, je vous félicite. Vous l'avez complètement transformée. Elle n'a plus cet air ingénu, un peu niais, de la vierge ignorante de la beauté masculine.

Flatté, le baron inclina la tête, ce qui traçait toujours des sillons dans la graisse de sa forte encolure.

Cependant l'heure d'aller au spectacle était arrivée. Le baron, qui ne voulait pas demeurer en reste de générosité, avait commandé une de ces rares voitures à chevaux de Tokio qui font l'admiration de la foule.

Il s'installa dans le fond avec son épouse; en face d'eux, Takata s'accroupit sur le strapontin.

Ils arrivèrent ainsi devant l'énorme baraque où se disputaient les luttes.

Devant les portes, il y avait grande presse et grand tumulte. Mais, dès que l'équipage parut, les policemen ouvrirent un passage comme s'il se fût agi de l'arrivée d'un prince.

Le baron fit une entrée sensationnelle et gagna la place d'honneur qui lui était réservée au premier rang, tout près de l'estrade où combattaient les lutteurs.

Par une attention touchante, une chaise européenne avait été apportée pour le noble étranger. Il s'y assit avec beaucoup de dignité. Et le spectacle commença.

Une sorte de héros d'armes, vêtu à l'antique, monta sur l'estrade et annonça pompeusement les noms, qualités et poids des deux athlètes qui allaient se mesurer. Bientôt, ils apparurent.

Leurs faces de brutes, surmontées du chignon classique, énorme et crasseux, respiraient la bêtise et la fatuité; et c'est avec orgueil qu'ils balançaient leur ventre gonflé.

Ils étaient presque nus et leur peau jaune et graisseuse luisait comme un chaudron mal nettoyé.

À un signal donné par le héraut, ils se précipitèrent l'un sur l'autre, chacun essayant de faire sortir son adversaire du cercle où ils se trouvaient; car la lutte consistait uniquement en cela.

Au bout de quelques instants, le plus lourd des lutteurs triompha de son adversaire.

Aussitôt d'enthousiastes banzaï éclatèrent; et le vainqueur vint remercier les spectateurs de leur aimable accueil.

Le baron, qui s'intéressait toujours à tout ce qui était énorme, se déclara fort satisfait de ces lutteurs dont il appréciait en connaisseur la force et le poids.

Cependant, juste de l'autre côté de l'estrade, de nouveaux spectateurs venaient d'occuper quatre places également réservées au premier rang. Takata ne put s'empêcher de tressaillir d'étonnement.

Il venait de reconnaître Mlle Petite Cascade, accompagnée d'Otogiro Watanabé, de Fleur d'Iris et de Numa Troubadour.

En vérité, il savait parfaitement que Numa Troubadour et son amie avaient donné asile aux deux amoureux; il l'avait appris au bout de quelques jours par le chef de la sûreté; mais il ne pensait pas qu'ils auraient tous les quatre l'imprudence de sortir ainsi dehors en partie carrée.

La situation devenait fort délicate.

En effet, le baron ne fut pas long à remarquer les nouveaux arrivants.

— Ach! dit-il, c'est curieux; voici une femme qui ressemble tout à fait à la mienne.

Très ennuyé, Takata murmura :

— Oui, il y a des ressemblances curieuses!

Mlle Petite Cascade venait à son tour d'apercevoir le terrible étranger dont elle avait failli devenir la proie. Prise de peur, elle abritait son trouble derrière son éventail; puis elle se mit à chuchoter avec ses compagnons.

Le baron continuait à questionner :

— Quel est donc ce Japonais bizarre qui a un vague aspect européen?

— C'est un Français, Numa Troubadour, avoua Takata. Son Excellence l'a déjà aperçu, s'il m'en souvient bien, lorsqu'il passait devant l'Impérial en compagnie de sa maîtresse.

— Oui, je le reconnais. Ach! quel freluquet! s'exclama le baron; et, s'adressant à sa petite épouse :

— Je plains votre compatriote qui est tombée entre les mains de cet affreux petit homme.

Puis, ajustant son monocle, il se mit à fixer un regard farouche sur le petit Marseillais.

Cependant Numa commençait à s'inquiéter :

— Coquine de bon sort, marmonnait-il, nous venons de faire une terrible gaffe; maintenant il s'agit de sauver cette « pôvre enfant ».

Et il conseillait à Mlle Petite Cascade de continuer à se cacher derrière son éventail.

Quant à Otogiro, il tremblait de tous ses membres. Heureusement, le baron ne l'avait jamais vu.

Numa Troubadour répétait, désolé :

— On m'avait pourtant affirmé que le baron passait au théâtre tous ses dimanches.

Puis, regardant à son tour l'énorme Prussien :

— Té, il commence à m'ennuyer, celui-là, avec son air de me vouloir croquer!

Ce fut plus fort que lui : une idée de gamin de Marseille lui traversa le cerveau; et, étourdiment, il tira la langue au colosse.

Aussitôt le baron bondit de sa chaise et se précipita vers Numa Troubadour.

Affolé, Takata essaya de le retenir.

— Laissez-moi, rugissait-il, je vais montrer à ce misérable avorton ce que vaut un Prussien, « hoch wohl geboren ».

Et, brandissant ses poings formidables :

— Mon père, monsieur, a posé culotte sur les tapis de vos salons en 1870.

— Je n'en doute pas, c'est tout à fait un trait d'esprit prussien, répondit Numa Troubadour.

Et, bravement, il s'avança vers le colosse.

Toute la salle était debout, trépignante d'enthousiasme. C'était un numéro imprévu au programme.

Quand le baron se fut bien rendu compte que ce petit Français était sans conteste beaucoup plus faible que lui, il n'hésita plus et lui décocha un coup de poing terrible. Numa s'était aplati comme un chat; il se redressa sans avoir été atteint; mais la lutte ne pouvait durer longtemps, la disproportion de forces étant vraiment trop grande.

Le cœur de Fleur d'Iris battait à se rompre. Elle s'attendait à voir tuer son pauvre Numa. Pourtant, en vraie Japonaise, elle avait le courage de garder un masque impassible.

Soudain un tumulte se produisit. Otogiro s'était précipité pour s'interposer entre les deux combattants; et, incident normal en pareil cas, il reçut aussitôt comme récompense à sa noble action le coup qui ne lui était pas destiné. Maintenant, il gisait à terre, inanimé. Le poing redoutable du Prussien l'avait atteint en pleine poitrine.

Heureux et fier, le baron se dégagea des Japonais qui lui avaient sauté dessus pour arrêter le combat; et il regagna sa place.

S'étant rassis noblement, il promenait sur l'assistance un regard de triomphateur.

— Tant pis pour lui, disait-il, il n'avait qu'à ne pas prendre le parti du Français.

Cependant on avait transporté dans un coin l'infortuné avocat, qui crachait le sang. Affolées, Mlles Petite Cascade et Fleur d'Iris s'empressaient auprès de lui. Quant à Numa Troubadour, il voulait absolument recommencer le combat. Otogiro Watanabé, d'une voix faible, le supplia de n'en rien faire :

— N'aggravez pas cette histoire, disait-il, songez à Mlle Petite Cascade. L'important est que ce damné Prussien ne se soit aperçu de rien.

— Mon pauvre aimé, s'écria Mlle Petite Cascade.

Et, doucement, avec des précautions infinies, elle plaça un coussin sous la tête du blessé; et elle lui tamponna les tempes avec de l'eau fraîche.

Takata, fort ennuyé, était accouru pour avoir des nouvelles de la victime.

Numa Troubadour le prit à part :

— Je ne vous en veux pas, bien que vous fassiez un sale métier. Mais, pécaïre! tâchez de ne jamais dévoiler la vérité sur Mlle Petite Cascade à votre gros poussah de Prussien.

— Je vous le jure! dit Takata, et je vais même faire tout mon possible pour lui faire quitter bientôt le Japon.

Il avait, en effet, trop d'intérêt lui-même à ne pas dévoiler la supercherie; et il souhaitait vivement que le baron eût enfin l'idée ingénieuse de rentrer dans son pays. Il avait fini d'acheter des « curios », de louer des kurumayas à l'heure et des mousmés à la nuit; il habitait maintenant bourgeoisement une petite maison. Autant se débarrasser de cet être inutile à la société, qui n'était plus qu'encombrant et grossier. Takata espérait bien convaincre ses chefs de toutes ces vérités incontestables.

Cependant le héraut d'armes, remonté sur l'estrade, annonçait deux nouveaux lutteurs.

Le baron restait néanmoins le point de mire de tous les regards.

Flatté d'attirer ainsi l'attention publique, il se carrait fièrement sur sa chaise.

Il annonça pompeusement à Takata qui était venu le rejoindre :

— Ce soir, je paye le champagne allemand pour fêter ma victoire. Ce n'est pas tous les jours que j'ai l'occasion d'assommer un ami des Français.

Puis aimablement, se tournant vers Mlle Dragon d'Or :

— Baronne, vous devez être fière de moi!

Soudain passa un des lutteurs qui se rendait à l'estrade. Etait-ce jalousie de voir un homme aussi gros que lui, ou désir de venger son compatriote, toujours est-il qu'obstensiblement il marcha sur le pied du baron en le dévisageant de manière fort discourtoise.

Mais, cette fois-ci, le Prussien songea à sa dignité et resta impassible.

Pince-sans-rire, Takata fit remarquer :

— Excellence, vous avez décidément, entre autres grands mérites, l'esprit réfléchi.

VI

LE baron était fort occupé à vider sa troisième bouteille de champagne en compagnie du docteur Schwartz qu'il avait invité pour cette grande circonstance, quand on frappa discrètement à la porte de sa demeure. Il donna l'ordre d'ouvrir; et bientôt apparut un petit Japonais qui s'avançait à pas timides.

Avec une exquise politesse, il salua par trois fois le baron, qui se contenta de faire de la main un vague geste de protection; puis il commença :

— C'est bien au puissant baron von Bullenbeiszerbrut que j'ai l'honneur de m'adresser?

— Précisément.

— Dans ce cas, je le prierai de bien vouloir me suivre.

— Hoch! hoch! s'esclaffa le baron; et il vida tranquillement sa coupe de champagne.

— Pardon, fit observer le petit Japonais, je renouvelle mon invitation.

Et, tirant de sa manche une carte d'inspecteur de la sûreté, il la montra au baron von Bullenbeiszerbrut. Celui-ci sursauta :

— Moi, je vous prie de me laisser tranquille, ou sans cela...

Et il levait son poing.

Le docteur Schwartz conseilla :

— Faites attention; il ne faut pas plaisanter avec la police dans ce pays-ci.

Le baron se mit aussitôt en fureur.

— De quoi vous mêlez-vous, docteur? J'en ai assez, moi, à la fin de la police.

Et, menaçant, il s'avança vers l'agent.

Impassible, le Japonais fit remarquer :

— Vous n'ignorez pas ma qualité.

— Non, et je m'en moque, ainsi que de tout le Japon; et si vous ne sortez pas aussitôt, je vous casserai les reins.

— Comme vous voudrez, dit l'agent de la sûreté; et il siffla doucement entre ses doigts.

Aussitôt quatre policemen apparurent sur le seuil et, très poliment, commencèrent par retirer leurs petites boîtes avant de rejoindre leur chef. La morgue du baron commençait à diminuer :

— Après tout, sous quel prétexte voulez-vous que je vous suive?

— Le commissaire de police vous le dira.

— Non, je désire savoir tout de suite!

— Eh bien, vous êtes accusé de coups et de blessures sur la personne d'un de nos compatriotes!

— En voilà un pays de sauvages! s'exclama le baron.

Le docteur Schwartz, conciliant, fit observer :

— Vous avez été peut-être un peu vif. Autant aller donner une explication à la police.

— Ach, riposta le baron, un peu plus, vous me donneriez tort, vous aussi! Vous n'avez pas de sang dans les veines.

Cependant, après avoir donné l'ordre à Mlle Dragon d'Or d'aller se coucher, il suivit le policier jusqu'au prochain poste.

Le commissaire le reçut avec une extrême politesse et poussa la bonne grâce jusqu'à lui offrir le thé. Peu reconnaissant, le baron grogna :

— Enfin, pourquoi m'avez-vous dérangé? Je ne pense pas que ce Japonais ait déposé une plainte contre moi. Est-ce de ma faute s'il prenait le parti d'un cochon de Français qui m'avait provoqué?

— Il n'y a pas de plainte contre vous, reconnut le commissaire, mais nous poursuivons toujours d'office pour rixe dans un endroit public quand il y a eu scandale et forte blessure. N'en serait-il pas de même en Prusse?

— Pardon, fit remarquer le baron avec le tact qui le caractérisait, nous sommes au Japon. Moi je suis un blanc; vous n'avez tout de même pas la prétention de me juger comme un de vos concitoyens?

Et le baron redressait sa haute taille qui dominait de deux pieds celle du commissaire.

— Ecoutez, monsieur le baron, dit le commissaire sur un ton paternel. Je vous ai fait appeler uniquement parce que j'y étais obligé par la loi. Je suis prêt à vous relâcher aussitôt et à supposer que vous m'avez fourni toutes les explications désirables. Mais permettez-moi de vous donner un bon conseil. Quittez donc le plus tôt possible le Japon, qui est un pays de sauvages, comme vous l'avez si aimablement déclaré à mon inspecteur.

— Et pourquoi, s'il vous plaît?

— Parce que vous comprenez très mal, je crois, le caractère de ses habitants. Il pourrait peut-être vous arriver un jour une fâcheuse histoire, ce dont je serais désolé.

— Monsieur, dit le baron, vous vous trompez étrangement. Je connais à fond votre pays, et j'ai même écrit à son sujet un gros livre fort intéressant.

— C'est bien de l'honneur pour nous, dit en s'inclinant le commissaire, faites donc comme vous l'entendrez.

Et il le salua avec une déférence ironique.

Le baron s'éloignait déjà en affectant un grand air de dignité, quand le commissaire courut après lui :

— Pardon, monsieur, j'ai oublié un détail; vous n'êtes pas superstitieux?

— Je ne suis pas un Latin, moi, monsieur, répondit le baron d'un ton cassant.

— Je le crois aisément. Mais je préfère vous prévenir. Moi, je ne suis pas un Latin non plus; et, pourtant, je suis un peu superstitieux; or, je vous trouve une tête à accidents.

— Plaît-il?

— Oui; et il y a tant d'accidents au Japon! Les uns sont dus à des causes physiques : les tremblements de terre, typhons, éruptions et raz de marée; ils sont inévitables; et vous avez raison de ne pas chercher à vous y soustraire. Mais les autres, hélas! proviennent trop souvent de l'imprudence, de la méchanceté, ou même de la simple sottise des hommes! Ceux-là, monsieur, sont plus à redouter, et, en tout cas, il est permis de tâcher de les éviter.

Et le commissaire prit un air de douloureuse componction.

Le baron ne comprenait pas très bien où le commissaire voulait en venir.

Il se contenta de répondre fièrement :

— Moi, je n'ai peur de rien.

Hochant la tête, le commissaire comptait sur ses doigts les accidents possibles :

— Un kurumaya qui vous verse maladroitement sous un tramway; un pochard fâcheux qui vous pousse dans un des nombreux canaux de Tokio; un pauvre petit pot de fleur de rien du tout qui tombe d'un balcon; une pelure d'orange qui...

— Assez, monsieur, dit d'un ton impératif le baron qui, malgré lui, se sentait envahi par un certain malaise. J'ai l'honneur de vous saluer.

Et, tournant les talons, il regagna sa maison.

Mais, par moments, il se retournait pour jeter un regard rapide derrière lui.

On ne sait jamais; sans être superstitieux, on peut admettre qu'un accident est si vite arrivé!

VII

On a beau être de nature puissante et appartenir à une race supérieure, quand un commissaire de police japonais vous a fait entendre que vous avez une tête à accidents, on réfléchit! C'est ce que faisait le baron.

Il n'y avait pas de déshonneur pour lui à quitter le Japon, puisque, après tout, on le laissait libre d'y rester, à ses risques et périls, il est vrai!

D'autre part, qu'avait-il à y faire encore, maintenant qu'il le connaissait parfaitement?

Il résolut donc de partir par la prochaine malle allemande qui gagnait Hambourg par la route des Indes.

D'ailleurs qu'avait-il à regreter au Japon ou à y apprendre de bien nouveau?

En vérité, sa Japonaise n'offrait plus pour lui grand intérêt, maintenant qu'il pensait l'avoir déflorée et suffisamment tyrannisée! Il était prêt à l'abandonner, sans le moindre remords. Pourtant il prit quelques précautions pour lui annoncer son départ. Mlle Dragon d'Or, dès les premiers mots, feignit, en effet, un grand désespoir; ce qui ne laissa pas de l'attendrir un peu.

Mais il était courageux et savait surmonter les passions de son cœur. Il alla donc retenir sa place de paquebot.

Pendant les derniers jours, Takata se montra d'un dévouement admirable. Il aida le baron à faire ses malles, lui trouva un prix avantageux de ses meubles et régla enfin toutes les petites affaires de détail.

Enfin le grand jour du départ arriva. Takata, dès l'aube, était chez le baron, tellement il craignait de le voir manquer le bateau.

Il l'aida à boucler sa valise.

Mlle Dragon d'Or, elle aussi, faisait ses paquets. Dans une malle européenne que son noble amant lui avait achetée, elle entassait les kimonos, les obis, les tablettes des ancêtres, les boîtes à poudre, les bâtons de fard, les petites pipes, et aussi les caleçons, les mouchoirs de poche et les chaussettes trop usagés que le baron lui abandonnait.

En vérité, elle rayonnait. Maintenant, elle finissait quand même par être libre, après dix ans de cage d'amour et six mois passés auprès du baron. Un avenir meilleur s'ouvrait à elle; et elle songeait à épouser un homme sérieux et intelligent, comme Takata, par exemple!

Pourtant, elle avait la force d'âme de pousser encore des soupirs douloureux chaque fois qu'elle apercevait le baron. Cet honnête homme était tout réjoui d'être la cause de tant de douleur!

Enfin, quand le moment suprême fut arrivé, le baron tira son chronomètre et déclara noblement :

— J'ai fini de jouer à la poupée; de plus grands destins m'attendent.

Et il partit d'un pas pesant. Inclinés jusqu'à terre, serviteurs et fournisseurs formaient la haie.

Il monta dans une voiture à chevaux, en compagnie de Takata et de Mlle Dragon d'Or qui tenaient à l'accompagner jusqu'au bateau. Sur le quai de la gare de Shimbashi, où l'on prend le train pour Yokohama, le baron trouva rangés au bon ordre les garçons et portiers de l'Impérial Hôtel qui attendaient l'arrivée d'autres voyageurs, mais ne manquèrent pas de l'assurer qu'ils s'étaient dérangés pour lui.

Touché, il se mit à la portière et remercia par un léger salut tous ces braves gens... mais il ne leur donna pas de pourboire de crainte sans doute de les humilier.

Pendant que les Japonais poussaient de touchants « saïnara » (1), le train s'ébranla.

Chose curieuse, le baron éprouvait maintenant un certain regret. Pendant le trajet, il contempla avec émotion le visage charmant de sa poupée. En retrouverait-il jamais une autre?

Mais le plaisir qu'il ressentit à monter, à Yokohama, sur le bateau allemand dissipa bien vite cette tristesse.

Le bon docteur Schwartz était venu à bord pour lui faire ses adieux. D'un air mystérieux, il lui tendit une petite boîte enveloppée avec soin.

— Je sais, dit-il, que vous êtes homme de parole. Aussi je vous confie cette boîte dans laquelle se trouve renfermé le plus précieux coléoptère de ma collection. Vous voudrez bien le remettre au directeur du Muséum de ma part.

Puis, lui serrant la main avec effusion :

— C'est celui qui portera mon nom. C'est ma gloire, à moi, ce coléoptère!

— Je suis trop heureux, répondit le baron, de rendre ce léger service à un compatriote.

<hr>

(1) *Au revoir.*

Cependant la cloche de départ sonnait.

Accoudé au bastingage, le baron adressait un dernier sourire à Mlle Dragon d'Or qui, restée sur l'estacade, paraissait prête à défaillir dans les bras de Takata.

Tout à coup, au bout de l'estacade apparut M. Yumoto qui, tout essouflé, arrivait en courant pour dire adieu à son gendre. De loin, il faisait de grands signes de bon voyage, en agitant les longues manches de son kimono. Et soudain, en voyant son beau-père accourir, le baron se rappela qu'il n'avait pas songé à divorcer.

Il se pencha sur le rebord du bastingage; et, tout congestionné par l'émotion, il cria à Takata :

— Remontez sur le pont, j'ai quelque chose à vous dire. Hélas, on venait d'enlever la passerelle et le steamer s'éloignait du bord de l'estacade. Le bruit devenait assourdissant.

Le baron essayait vainement de dominer le tumulte. Pris de pitié, l'officier de quart lui prêta un porte-voix.

Alors, comme un grondement majestueux, retentirent ces mots : « Takata, j'ai oublié de divorcer; faites le nécessaire. » Et aussitôt, sur l'estacade, ce fut comme une petite danse de kimonos, de longues manches et d'éventails.

— Est-ce que ces gens deviennent fous? se demanda le baron ébahi.

Il courut chercher dans sa cabine ses jumelles marines. Du gaillard d'arrière, il se mit à lorgner l'estacade.

Et il lui sembla qu'entourée par une foule joyeuse, sa mignonne épouse, Takata et M. Yumoto lui faisaient des pieds de nez tout en dansant une sorte de gigue... mais le steamer était déjà loin; et il y avait de la brume.

Les maisons de Yokohama se faisaient toutes petites et toutes grises, perdues dans une buée mauve.

L'officier de quart qui venait réclamer le porte-voix au baron von Bullenbeiszerbrut lui dit :

— Avez-vous été content de votre séjour au Japon?

— Peuh! fit le baron en haussant les épaules, c'est un bien pauvre petit pays!

Et pourtant, il lui devait une certaine reconnaissance. Illusions d'art, de beauté, de jeunesse et d'amour! il les avaient toutes eues!

Bientôt, revenu à Berlin, le baron pourrait se carrer orgueilleusement dans un salon meublé à la japonaise et conter ses aventures à un petit cercle d'intimes qui l'écouteraient avec admiration et ponctueraient toutes ses phrases de « sol sol sol » déférents et admiratifs!

Et, avant de le donner au musée, où son Empereur viendrait peut-être confirmer son authenticité, il pourrait montrer le bronze de Takata, la pièce unique qu'il avait su découvrir en fin connaisseur.

Ce bronze, il l'avait déjà tiré de sa valise et placé sur le marbre de la toilette de sa cabine. Il avait hâte de le montrer à ses compatriotes.

Il se rappelait la phrase de Takata qu'il avait apprise par cœur : « Ce Daïmio équestre date de l'ère du premier shogun ainsi que l'indiquent la forme du casque du cavalier et l'ampleur du museau du cheval. »

Soudain, le steamer vira pour prendre la route plus au sud. Un coup de roulis inattendu; et voici le Daïmio antique projeté sur le sol de la cabine! Par une fatalité déplorable, ce furent justement le casque du cavalier et le museau du cheval qui se heurtèrent à un crachoir antiseptique.

Le baron s'écroula à terre pour ramasser le précieux objet d'art. Certainement la patine devait avoir une éraflure. Hélas! le malheur était bien plus grand. Le museau s'était écrasé et le casque détaché laissait apercevoir sous une mince enveloppe de mauvais zinc habilement patiné, le plomb coulé dont l'intérieur du fameux bronze était rempli.

Le baron n'en croyait pas ses yeux!

Saisi de fureur, il grimpa sur le pont, et se dirigea vers l'arrière; le Japon était encore en vue.

— Voleurs!... Voleurs! aboya le baron.

Et il tendit un poing menaçant vers l'île.

Puis un soupçon lui vint : « Et son épouse? N'était-ce pas aussi une fausse vierge? On peut s'attendre à tout dans un pays pareil! » Mais il préféra ne pas approfondir.

Car, il se voyait déjà, contant cette aventure, entre hommes, au fumoir :

— Je fus le premier qui conquis le cœur de cette charmante poupée. En vérité, j'étais irrésistible...

« Sol sol sol!... » fit un merle noir que le commandant du steamer gardait dans une cage suspendue au plafond de sa cabine.

Le baron se sentit tout attendri... Il alla chercher le précieux coléoptère que lui avait confié le docteur Schwartz. Plongeant ses gros doigts dans la boîte menue, il le saisit brutalement; et, sans remords, il le porta au merle qui l'avala gloutonnement.

Alors, satisfait d'avoir accompli une bonne action, le baron von Bullenbeiszerbrut reprit avec énergie :

— En vérité, j'étais irrésistible...

FIN

LA GRANDE COLLECTION NATIONALE

50 cent. ○ ○ ○ ○ **L'OUVRAGE COMPLET** ○ ○ ○ ○ **50 cent.**

Sous belle couverture illustrée en couleurs

OUVRAGES PARUS :

1. MADAME LA MARQUISE, roman de mœurs, par Charles MÉROUVEL.
2. *LE CAPITAINE FINE-LAME, roman de cape et d'épée, par Henry GERMAIN
3. MULOT ET GENDRES, drame de la vie réelle, par Charles FOLEY.
4. ROSE SAUVAGE, roman d'amour, par Georges MALDAGUE.
5. *L'ÎLE DU DOCTEUR MOREAU, roman d'aventures, par H.-G. WELLS.
6. *LE MILLION DU PERE RACLOT, roman, par Émile RICHEBOURG.
7. AMOURS DE JEUNESSE, aventures tirées des Mémoires de CASANOVA.
8. LA FILLE AUX YEUX D'OR, La Vendetta, dramatiques récits, par H. de BALZAC.
9. *VOYAGE AU PAYS DES MILLIARDS, par V. TISSOT.
10. MARIAGES DE RAISON, amusantes histoires, par Max et Alex. FISCHER
11. MARTYRE, émouvant roman, par Adolphe d'ENNERY.
12. LA RELIGIEUSE, le chef-d'œuvre de DIDEROT.
13. *SERVITUDE ET GRANDEUR MILITAIRES, par Alfred de VIGNY.
14. *LE CHEMIN DU BONHEUR, roman exquis, par Paul BONHOMME.
15. *LES DERNIERS JOURS DE POMPEI, roman de la vie antique, par Lord LYTTON (Sir Edward Bulwer)
16. LE COMTE SATAN, grand roman populaire, par Fernand LAFARGUE.
17. LES AMOURS DE LA DUCHESSE DE LA VALLIERE, histoire sentimentale de la grande favorite, par Madame de GENLIS.
18. *POESIES d'Alfred de VIGNY.
19. LES PLUS JOYEUX CONTES DE LA REINE DE NAVARRE, historiettes gauloises, par Marguerite de VALOIS.
20. SIMONE, histoire d'une jeune fille moderne, par Victor TISSOT.
21. RESURRECTION, adaptation populaire de l'œuvre immortelle de TOLSTOI.
22. LA LUXURE, passionnant roman, par Eugène SUE.
23. L'AUBERGE ROUGE, Épisode sous la Terreur, Élixir de longue vie, Sarrasine. Drame au bord de la mer, tragiques récits, par H. de BALZAC
24. *POESIES (Rolla, Les Nuits, Poésies nouvelles, Contes en vers), d'A. de MUSSET.
25. LES LOISIRS DE BERTHE LIVOIRE, roman humoristique, par R. SCHEFFER.
26. *NAPOLEON INTIME, raconté par son valet de chambre CONSTANT.
27. GATIENNE, délicieux roman, par Georges de PEYREBRUNE.
28. *LES DEBUTS DE SHERLOCK HOLMES, par CONAN DOYLE.
29. LETTRES D'AMOUR A SOPHIE, MIRABEAU.
30. *LA MARE AUX FOLLES, roman dramatique, par G. MALDAGUE.
31. ROME GALANTE SOUS LES CÉSARS, par SUETONE.
32. LE COFFRE-FORT, roman dramatique et littéraire, par J.-H. ROSNY aîné
33. AVENTURES DE GIL BLAS DE SANTILLANE, par LE SAGE.
34. TROTTIN DE PARIS, roman, par Georges BEAUME.
35. L'AMOUR A VENISE, aventures tirées des Mémoires de CASANOVA.
36. *ROBINSON CRUSOE DANS SON ILE, de Daniel de FOE.
37. *LE SORCIER, délicieux roman inédit, par Henry GERMAIN.
38. LA VIE ET LA CORRESPONDANCE AMOUREUSE d'HELOISE ET D'ABELARD.
39. *ADAM WORTH, Mémoires d'un voleur de qualité, relation authentique, par Maurice STRAUSS.
40. *UN DRAME SOUS LA REVOLUTION, roman historique, par Ch. DICKENS
41. LE DROIT D'ÊTRE MÈRE, roman social, par Paul BRU
42. WERTHER, roman d'amour, par GOETHE.
43. *LES HOMMES VOLANTS, histoire de la conquête de l'air, par H. de GRAFFIGNY.
44. *POUR LUI! roman dramatique, par Louis ÉNAULT.
45. DAPHNIS ET CHLOE, roman pastoral, par LONGUS.
46. *PERDU AU MAROC, roman d'aventures, par Charles MALATO.
47. *LE DRAPEAU BRISE, histoire d'Alsace-Lorraine, par Charles LAURENT.
48. *LA PRISE DE BERLIN par NAPOLEON, bulletins de la Grande Armée.
49. *LA COMTESSE VASSALI, une héroïne de la liberté, par OUIDA.
50. LE ROMAN D'UN OFFICIER, histoire vécue, par Jean SAINT-YVES.
51. *L'ESPION DE L'EMPEREUR, par Charles LAURENT.
52. *LES FRANCAIS A VIENNE, bulletins de la Grande Armée.
53. MON ONCLE BARBASSOU, amusant roman, par Mario UCHARD.
54. SECRETS ET MYSTERES DE LA COUR DE PRUSSE, mémoires de VOLTAIRE.
55. *AVENTURES de CYRANO de BERGERAC, par Jules LERMINA.
56. *CŒUR D'ORPHELINE, délicieux roman, par Camille PERT.
57. *MES PRISONS, par Silvio PELLICO.
58. *LA VIE PRIVEE DE JOSEPHINE, racontée par Mlle AVRILLION.
59. *L'INFORTUNE PLUMARD, amusant roman, par Rodolphe BRINGER.
60. *IVANHOE, roman historique, par Walter SCOTT.
61. SANS PITIE, grand roman populaire, par Georges MALDAGUE.
62. LES PLUS JOLIS CONTES DE BOCCACE.
63. *L'ENQUÊTE, roman dramatique, par Maurice LANDAY

64. *UN LYS DANS LA NEIGE, charmant roman, par Victor TISSOT.
65. *UNE CONSPIRATION sous le Premier Empire, par CONAN DOYLE.
66. *LE POILU AUX MILLE TRUCS, Nouvelles et Drames comiques, par CAMI.
67. *LE COLONEL CHABERT. — Adieu. — El Verdugo, par Honoré de BALZAC.
68. UN CŒUR VIRGINAL, roman, par Remy de GOURMONT.
69. *COMME UNE FLEUR, roman sentimental, par Rodha BROUGHTON.
70. *LE CHEVALIER DE CHABRIAC, roman historique, par le Baron de BAZANCOURT.
71. *MADEMOISELLE MIMI PINSON. — Histoire d'un Merle blanc. — Le Secret de Javotte. — La Mouche, par Alfred de MUSSET.
72. *40,000 FRANCS DE DOT, roman populaire, par Émile RICHEBOURG.
73. *LA SACRIFIEE. — Ça fait du bruit. — Le Médecin du District. — Karataiev, histoires émouvantes, par TOURGUENEFF.
74. *PAUL ET VIRGINIE. — La Chaumière indienne, délicieux romans, par BERNARDIN DE SAINT-PIERRE.
75. LA CHASSE AUX AMANTS, intéressant roman, par Charles de BERNARD.
76. *LA NOUVELLE MADELEINE, passionnant roman, par Wilkie COLLINS.
77. L'AMOUR AU PAYS BLEU, roman d'amour, par Hector FRANCE.
78. VIEILLES CHANSONS DE FRANCE.
79. *LE SECRET DE L'ESPAGNOL, roman populaire, par Henry GERMAIN.
80. SUZANNE, roman vécu, par Édouard OURLIAC.
81. *LES FIANCES, roman historique, par MANZONI.
82. LE BONHEUR A TROIS, roman, par Armand CHARPENTIER.
83. MANON LESCAUT, roman d'amour, par l'Abbé PREVOST.
84. LE POINT NOIR, émouvant roman, par Fernand LAFARGUE.
85. L'AMIE, roman, par Henri GREVILLE.
86. LES PLUS CELEBRES CONTES DROLATIQUES, par H. de BALZAC.
87. *LA MAISON DU DAMNE, roman mystérieux, par Pierre ZACCONE.
88. *HEVA, roman d'aventures, par J. MERY.
89. L'ADORATION PERPETUELLE, roman d'amour, par Guy de TERAMOND.
90. *YVONNE LA SIMPLE, grand roman populaire, par Georges MALDAGUE.
91. *LES EMOTIONS DE POLYDORE MARASQUIN, roman d'aventures, par L. GOZLAN.
92. LE MARI D'HELENE, La Maîtresse de Gramigna, La Guerre de Saint Pascal et de Saint-Roch, Cavalleria Rusticana, La Louve, par G. VERGA.
93. CANDIDE. — L'INGENU, chefs-d'œuvre de Voltaire.
94. *L'EPINGLE NOIRE, roman historique, par G. LENOTRE.
95. *AVENTURES HEROIQUES ET AMOUREUSES DE DON QUICHOTTE, par CERVANTES.
96. *MADEMOISELLE CLEOPATRE, roman, par Henry GREVILLE.
97. *LES JOYEUSETES DE LA CORRECTIONNELLE, par Jules LEVY.
98. *QUO VADIS, adaptation du célèbre roman d'Henrick SIENKIEWICZ.
99. *LE MARQUIS DE LESTORIERE, intéressant roman, par Eugène SUE.
100. LES HEURES PERDUES D'UN CAVALIER FRANÇAIS, par un contemporain de BRANTOME.
101. LES VACANCES DE CAMILLE, roman d'amour, par Henry MURGER.
102. *HISTOIRES ETRANGES ET MYSTERIEUSES, par Edgar POE.
103. *PICCIOLA (la Fleur et le Prisonnier), par SAINTINE.
104. *LES REVOLTES, scènes de la vie révolutionnaire russe, par V. TISSOT et C. AMERO.
105. *LA BELLE PROVENCALE, roman d'amour, par Jacques VINCENT.
106. *LA MIONETTE, délicieuse idylle, par Eugène MULLER.
107. *LE N° 13 DE LA RUE MARLOT, roman policier, par René de PONT-JEST.
108. LA BELLE Mme LENAIN, roman, par Léon BARRACAND.
109. *LA DOT DE SUZETTE, roman sentimental, par FIÉVÉE.
110. *LA CARMELITE, émouvant roman, par Ernest DAUDET.
111. *CŒUR SOUFFRANT, roman, par Mathilde SERAO.
112. LA FEMME ABANDONNEE. — La Fausse Maîtresse. — La Grande Bretèche, dramatiques récits, par Honoré de BALZAC.
113. *UNE REVANCHE DE VIDOCQ, curieuses aventures, par Louis NOIR.
114. *LE BAISER DE LA FRANCE, roman patriotique, par J. et F. REGAMEY.
115. LE MARI CONFIDENT, intéressant roman, par Sophie GAY.
116. *PERRUQUES BLONDES, roman historique, par G. LENOTRE.
117. *LA BIBLIOTHEQUE DE MON ONCLE, spirituel roman, par R. TOPFFER.
118. *DOULOUREUSE IDYLLE, roman populaire, par Henry GERMAIN.
119. *AVENTURES D'ARTHUR GORDON PYM, par Edgar POE.
120. *LA PRINCESSE DE CLEVES, par Mme de La FAYETTE.
121. *CAPRICE DES DAMES, roman populaire, par Charles MÉROUVEL.
122. *LE MYSTERIEUX INCONNU, roman, par Guy de TERAMOND.
123. *LA GOUTTE D'EAU, roman, par Émile SOUVESTRE.
124. FIN D'AMOUR, passionnant roman, par Fernand LAFARGUE.
125. LE COIFFEUR DE LA REINE, les plus jolies pages des Mémoires de LEONARD.
126. *LES ENSEVELIS, palpitant roman, par G. de PEYREBRUNE.
127. *LES AMOUREUX DE VINGT ANS, roman, par Alfred de BREHAT.
128. LA FEMME DE CIRE, attachant roman, par René de PONT-JEST.
129. *ATALA — René — Le dernier Abencerage, chefs-d'œuvre de CHATEAUBRIAND.
130. *TENDRESSE DE MERE, roman exquis, par Gustave TOUDOUZE.
131. MA JEUNESSE ET MES AMOURS, les plus belles pages des "Confessions" de J.-J. ROUSSEAU.
132. *AVENTURES D'UN ALLEMAND AU JAPON, amusants souvenirs de voyage, par Charles PETTIT.

○ ○ ○ ○ ○ **IL PARAIT 2 VOLUMES PAR MOIS, LE 15 & LE 30** ○ ○ ○ ○ ○

Prochain ouvrage à paraître :

INES DE LAS SIERRAS

Lydie — Trésor des fèves et Fleur des pois

Nouvelles et conte fantastique, par Charles NODIER

○ ○ ○ **ENVOI FRANCO DE CHAQUE OUVRAGE CONTRE 50 CENTIMES** ○ ○ ○

(*) Les ouvrages précédés d'un astérisque peuvent être mis entre toutes les mains.

F. ROUFF, Éditeur, 148, rue de Vaugirard, PARIS (XVe)

IMPRIMERIE PAUL DUPONT, 4, RUE DU BOULOI, PARIS.

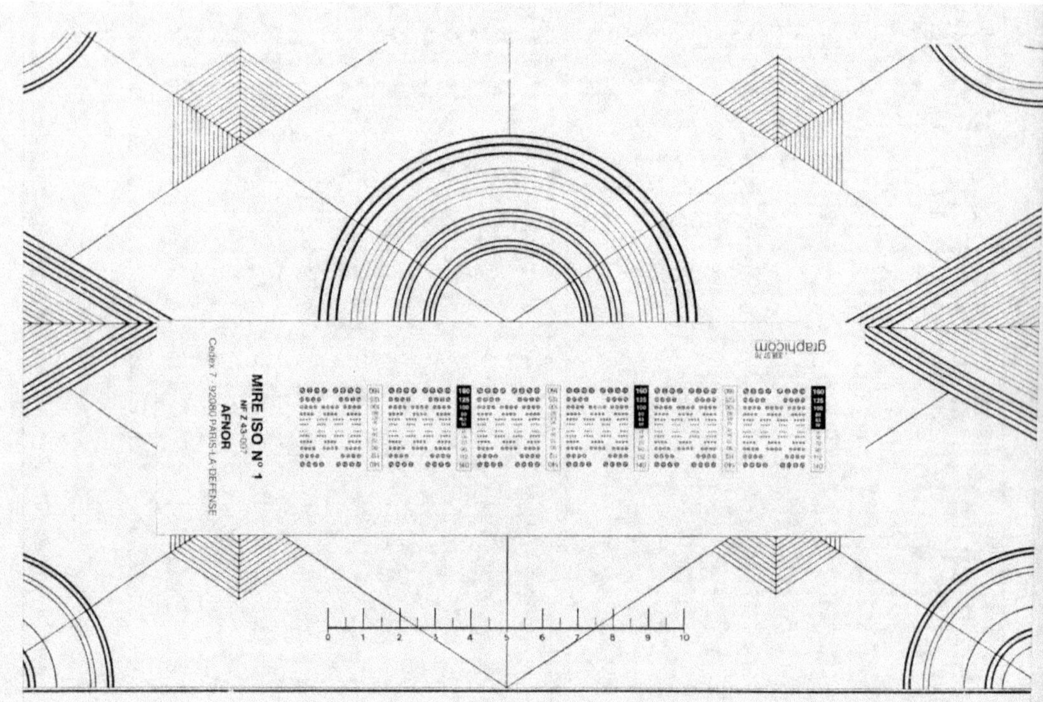

SERVICE PHOTOGRAPHIQUE